Die Steinsuppe

Märchen und
Geschichten aus Korsika

Zu diesem Buch

Was große Erzähler wie Mérimée und Daudet, Balzac und Maupassant an Korsika faszinierte, waren nicht allein die Räuberromantik der Insel, die Vendetta und die Wildnis der Macchia im gebirgigen Hinterland: Auf Korsika hat sich dank der geographischen Abgeschiedenheit neben strengen patriarchalischen Traditionen auch die Kunst der mündlichen Überlieferung erhalten. Auf seinen Wanderungen durch die Insel hat J. B. Frédéric Ortoli Ende des letzten Jahrhunderts Märchen und Geschichten so aufgezeichnet, wie sie ihm von den Leuten erzählt wurden. Sie lassen uns die Landschaften der »Insel der Schönheit« neu sehen und erleben. Seine Sammlung von Erzählungen wurde 1883 unter dem Titel *Les contes populaires de l'Ile de Corse* in Paris veröffentlicht.

Die Herausgeberin

Erika Wesemann, geboren 1948, wohnt in Leipzig. Sie unterrichtet Französisch und Deutsch und ist Schulleiterin des Abendgymnasiums Leipzig.

Die Steinsuppe

Märchen und Geschichten aus Korsika

Gesammelt und herausgegeben von
J. B. Frédéric Ortoli
Ausgewählt und übersetzt
von Erika Wesemann

Unionsverlag
Zürich

Die Erstausgabe erschien 1979
unter dem Titel *Die Steinsuppe*
im Gustav Kiepenheuer Verlag, Leipzig.

Unionsverlag Taschenbuch 71
Diese Ausgabe erscheint mit freundlicher Genehmigung
des Gustav Kiepenheuer Verlags, Leipzig.

Rieterstrasse 18, CH-8059 Zürich, Telefon 01-281 14 00

Umschlaggestaltung: Heinz Unternährer, Zürich
Druck und Bindung: Clausen und Bosse, Leck
ISBN 3-293-20071-0

Die äußersten Zahlen geben die aktuelle Auflage
und deren Erscheinungsjahr an:

1 2 3 4 5 - 99 98 97 96

Inhalt

Der Schäfer und der März

Es lebte einmal ein Schäfer, der besaß so viele Schafe, wie es Sand am Meer gibt. Trotzdem hatte er Angst, auch nur ein einziges von ihnen zu verlieren, und so flehte er den ganzen Winter lang zu den Monaten, alles Unheil von den Tieren fernzuhalten.

Diese erhörten seine Bitten und ließen seine Schafe immer verschont. Der März vor allem sandte weder Regen noch Hagel und auch keine Krankheiten, die die Herde vernichten konnten. Als nun aber der letzte Tag dieses Monats gekommen war, fing der Schäfer, der nichts mehr zu befürchten glaubte, an zu lachen und den März zu schmähen: »März! März! Du Schrecken der Herden, dich fürchte ich nicht mehr! Fahrt dahin, Krankheiten! März! März! Der Frühling kommt, du kannst mir nichts Böses mehr anhaben!«

Über soviel Undankbarkeit erbost, ging der März zu seinem Bruder April und sprach:

»Oh, mein Bruder du, April,
gib mir deiner Tage drei,
den Schäfer so ich strafen will,
daß seinen Undank er bereu.«

Der April, der seinen Bruder liebte, schenkte ihm drei Tage. Sogleich raste der März über die ganze Erde und rief Winde, Krankheiten und schreckliche Stürme zusammen. All das brach mit einem Schlage über die arme Herde herein. Am ersten Tage raffte es die Schafe dahin, die schon etwas krank waren, am zweiten war die Reihe an den Lämmern, und am dritten Tag schließlich kamen die übrigen noch um.

Erzählt von Giuseppe Ortoli aus Olmiccia

Täglich holte Catarinella mit ihren Schwestern am Fuße des Monte Incudine Holz, und jedesmal war eine Stimme zu hören, die zur Jüngsten sprach: »Catarinella, steig höher hinauf.« Anfangs waren die Mädchen sehr ängstlich, aber Catarinella gewöhnte sich mit der Zeit an die Stimme, die sie immer rief.

Eines Tages schlug sie ihren Schwestern vor: »Laßt uns hinaufsteigen, damit wir wissen, was diese Stimme will.«

»Oh, du Dummchen, willst du, daß wir alle umgebracht werden?«

»Ich muß wissen, was man von mir will.«

»Du tätest besser daran, dein Holz zu sammeln und nach Hause zurückzukehren.«

Das Mädchen war aber mutig und wollte nicht hören. Es umarmte seine Schwestern und wandte sich in die Richtung, aus welcher die Stimme zu kommen schien. Je näher sie dem Gipfel des Monte Incudine kam, desto eindringlicher forderte die Stimme: »Catarinella steig, steig höher hinauf.«

Und Catarinella stieg weiter.

Der Tag neigte sich schon, da traf Catarinella einen Gärtner. Als dieser sie erblickte, rief er ihr sogleich zu: »Ach, du armes Kind, was bist du hier heraufgekommen? Wenn du die Aufgabe, die man dir stellt, nicht erfüllen kannst, mußt du sterben.«

Und der Gärtner führte Catarinella in den schönsten Saal eines Schlosses, wie sie wunderbarer noch keinen gesehen hatte. Dieser Saal war voller Statuen, und ein Mann, der sie bewachte, sprach: »Catarinella, wenn du das, was ich dir jetzt auftragen werde, nicht vollbringen kannst, wird dir das Wort auf den Lippen für immer ersterben, deine Augen werden sich dem Licht verschließen, und du wirst bei lebendigem Leib tot sein.«

»Ach, mein Gott, was muß ich tun, um mich zu retten?«

»Komm her, siehst du diese Statuen? Sie alle konnten die Aufgabe, die ich ihnen gestellt hatte, nicht lösen, aber weil du schön und liebenswert bist, wird deine Aufgabe einfacher sein als die der anderen.«

»Was muß ich tun?«

»Komm erst hierher.«

Catarinella trat näher. »Ich sehe Männer, die wie Prinzen gekleidet sind. Der Geringste unter ihnen ist zweifellos ein Graf oder ein Marquis.«

»Das ist richtig, siehst du jetzt diesen dort in der Nische?«

»Ja.«

»Das ist der Sohn des Königs, er ist gerade zwanzig Jahre alt, und du sollst ihn heiraten.«

»Ihn heiraten? Ach, ich Unglückliche! Er muß doch erst wieder lebendig werden.«

»Und das ist genau das, was du tun mußt. Schaffst du es nicht, wirst du für hundertmal hundert Jahre zu Stein verwandelt. Gelingt es dir aber zu tun, was ich dir auftrage, kannst du Hochzeit feiern, und alle Schätze, die hier liegen, werden dir gehören.«

»Was muß ich also tun?«

»Diese drei Holzruten und diese sieben Paar Schuhe aus Eisen mußt du abnutzen. Von Dorf zu Dorf, von Schloß zu Schloß mußt du ziehen, über Straßen und ungangbare Pfade, und du darfst nicht eher zurück kommen, als bis die Eisenschuhe vom Wandern durch viele Königreiche durchgelaufen und die Holzruten durch das Klopfen an Türen vollständig abgenutzt sind.«

Catarinella nahm die Schuhe und Ruten und machte

sich auf den Weg. So wanderte sie dreißig Tage und Nächte. Da kam sie an einen Wald. Sie ging hinein und sah in der Ferne ein kleines Licht. »Wenn ich es bis dorthin schaffen könnte, hätte ich für die Nacht ein Obdach«, sagte sich das Mädchen und beschleunigte ihren Schritt. Sie fand ein zerfallenes, von Efeu und Brombeersträuchern ganz überwuchertes Haus vor. Sie klopfte an.

»Wer ist da?« rief es von drinnen.

»Öffnet bitte, ich bin ein armes Mädchen und bitte um ein Nachtlager.«

Ein Greis öffnete ihr. Sein langer, weißer Bart wallte ihm bis an die Knie.

»Tritt ein, mein Kind, seit hundert Jahren habe ich keines Menschen Antlitz mehr gesehen. Aber sag mir doch, wohin dich dein Weg führt.«

»Ich ziehe in der Welt umher, bis ich diese sieben Paar Schuhe aus Eisen und diese drei hölzernen Ruten abgenutzt habe.«

Und Catarinella berichtete ihm alles, was ihr widerfahren war.

Am Morgen wollte das Mädchen weiter, da sprach der Alte: »Hier ist eine Zauberbirne, mit der du Musik erklingen lassen kannst. Wenn du vor dem Königspalast darauf spielst und dann zu der Birne sagst: ›Birne, Birne, vergiß mich nicht‹, wird der Palast mit dem verzauberten Prinzen aus der Erde wachsen.«

Catarinella setzte ihre Wanderung fort. Viele Flüsse und Berge hatte sie überquert, da traf sie in einer schier endlosen Ebene einen armen Mann, der neben seiner Hütte grub.

»Darf ich mich für einige Augenblicke bei Euch ausruhen?«

»Wer bist du? Es ist schon so lange her, seit ich die

Menschen verließ, daß ich die Jahre nicht mehr zählen kann.«

»Ich bin ein unglückliches Mädchen, das versucht, sieben Paar Eisenschuhe und drei Holzruten aufzubrauchen.«

Und Catarinella erzählte ihre Geschichte.

»Nun, hier ist eine Nuß, auf der du, wenn du willst, alle Weisen spielen kannst.«

»Danke, guter Mann.«

»Sprichst du aber: ›Nuß, Nuß, vergiß mich nicht‹, wächst die Mühle des Königs aus der Erde, sie wird sich drehen und soviel Korn mahlen, wie man will. Setze jetzt deinen Weg fort, du wirst einen Einsiedler treffen, der dir auch etwas geben wird.«

Tatsächlich, ein Jahr darauf traf Catarinella den Eremiten. Dieser schenkte ihr eine Mandel, mit der sie sogar Tote reden und tanzen lassen konnte.

Lange Zeit war seitdem verstrichen, da erreichte das Mädchen die Stadt des Königs. Durch die Straßen zog eine Prozession, die einen Toten zu Grabe geleitete. Catarinella begann auf ihrer Mandel zu spielen. Da sprang der Tote auf und fing zum großen Erstaunen der Umstehenden an zu reden und zu tanzen.

Verwundert umringten alle Catarinella, und der König, der gerade zugegen war, weil es sich um einen Edelmann handelte, den man beerdigen wollte, fragte das Mädchen: »Wieviel willst du für deine Mandel haben?«

»Weder für Gold noch Geld werde ich sie verkaufen.«

»Ich gebe dir meinen Palast und meine Stadt dafür.«

»Nicht für das ganze Königreich werde ich sie hergeben.«

Der König mußte sich damit zufriedengeben, doch

vor dem Weggehen bat er Catarinella: »Komm zu mir, ich erwarte dich heute abend.«

»Ich werde kommen«, versprach sie.

Am Abend spielte Catarinella vor dem königlichen Palast auf ihrer Nuß. Das war eine so zauberhafte Musik, daß der Herrscher sich von seiner Tafel erhob, um nachzusehen, was das sei. Da sah er seine Mühle, die sich drehte und drehte.

»Ach, wie hübsch! Catarinella, Catarinella, verkauf mir deine Nuß.«

»Nein, sie ist nicht käuflich.«

»Wenn du sie nicht verkaufen willst, dann spiele weiter auf deiner Nuß.«

Nun nahm Catarinella die Birne und bezauberte alle durch ihre Melodie. Und während sie spielte, wuchs nach und nach das Schloß aus dem Erdboden, es erschien der Saal mit dem verzauberten Königssohn. Als der König sein Kind wiedererkannte, geriet er ganz außer sich.

»Catarinella, gib mir deine Birne, nimm meine Schätze, mein Leben, nimm alles, was du haben willst, aber laß mir diese Birne.«

»Nein«, versetzte das Mädchen, »aber wenn Ihr Euren Sohn wiederhaben wollt, so folgt mir.«

»Wohin werden wir gehen? Ich sehe auch das verzauberte Schloß nicht mehr.«

Wirklich war der Palast bei den letzten Klängen der Birne verschwunden.

»Um Euren Sohn wiederzufinden, müßt ihr weit, weit suchen, am Monte Incudine. Nehmt Euren Wagen und fahrt dorthin.«

Der König ließ sofort seine besten Pferde anspannen und forderte Catarinella auf: »Schnell, setz dich zu mir, dann sind wir eher dort.«

»Ach nein, ich muß zu Fuß gehen, denn noch ein Paar Schuhe aus Eisen muß ich abtragen. Fahrt nur immer geradeaus und wartet auf mich, wenn Ihr am Monte Incudine angelangt seid. Hütet Euch jedoch, einer Stimme zu folgen, die Euch zum Hinaufsteigen auffordert, sonst müßt auch Ihr sieben Paar Eisenschuhe und drei Holzruten abnutzen, bevor Euer Kind erlöst wird.«

Der König bedankte sich und reiste ab.

Wieder war Catarinella sehr lange gewandert, als sie voller Freude bemerkte, daß ihre Eisenschuhe und Holzruten völlig verbraucht waren. Auch war der Monte Incudine nicht mehr allzu fern, und sie erreichte ihn noch vor Sonnenuntergang. Am Fuß des Berges erwartete sie der König.

»Noch ein Weilchen müßt Ihr Euch gedulden, dann werde ich Euch holen.«

Als Catarinella das Schloß betrat, fingen die Bäume des Waldes zu singen, die Steine zu tanzen, die Tiere zu sprechen an, und alle riefen: »Guten Tag, Catarinella, guten Tag!« Und Catarinella grüßte alle: »Guten Tag, guten Tag.«

Der Wächter kam ihr entgegen.

»Sind die Schuhe und Ruten verbraucht?«

»Ja, das sind sie.«

»So ist es gut.«

»Nun will ich den Prinzen zum Leben erwecken.«

»Nein, warte noch ein wenig, gib denen, die ihn umgeben, vorher das Leben zurück, damit er sich nicht so allein fühlt, wenn er zu sich kommt.«

Catarinella tauchte eine Holzrute in ein Wasser, welches ihr der Schloßwärter reichte, berührte die Steine und sprach: »Durch dieses Wasser gebe ich Euch das Leben.«

Nach diesen Worten erwachten die Statuen und waren so lebendig wie vor ihrem Eintritt in das verwunschene Schloß. Jetzt kam die Reihe an den Königssohn.

»Durch dieses Wasser gebe ich dir das Leben«, sprach Catarinella und gab ihm drei leichte Schläge mit der Rute. Der Prinz erwachte.

»Wo ist mein Vater?«

»Ganz in der Nähe«, und Catarinella holte ihn.

Stellt euch die Freude des Königs vor, als er seinen Sohn umarmte. Er drückte ihn so heftig an sein Herz, als wollte er ihn ersticken. Dann sprach er: »Mein Kind, dieses Mädchen hat die ganze Welt durchwandert, um Euch zu erlösen, so ist es nur gerecht, daß Ihr sie belohnt und sie heiratet.«

Der Prinz konnte sich nichts Besseres wünschen, denn Catarinella war sehr schön.

Noch am gleichen Tag wurde die Hochzeit gefeiert, zu der alle Gefährten der Gefangenschaft eingeladen wurden. Diese waren glücklich zu leben, und sie entschädigten sich für die lange Fastenzeit, die sie erlitten hatten, dadurch, daß jeder für vier aß und trank.

Einige Tage später reiste Catarinella mit ihrem Gemahl in ihr Königreich. Wie sie in der Hauptstadt ankamen, fingen alle Glocken vor Freude an zu läuten, und drei Wochen lang erklang die herrlichste Musik, die man sich vorstellen kann. Das waren die Birne, die Nuß und die Mandel, die dem ganzen Königreich ein Konzert gaben.

Erzählt von Signora Marini aus Porto-Vecchio

Der Ring der Prinzessin

Vor langer Zeit lebte eine Prinzessin, die besaß einen Zauberring. Diesen hatte ihr eine Fee bei ihrer Geburt geschenkt und gesagt: »Wenn das Mädchen den Ring verlieren sollte und man findet ihn nicht wieder, so steht es im Schicksalsbuch verzeichnet, daß sie genau nach Ablauf eines Jahres sterben muß.«

Ihr könnt euch vorstellen, wie die kleine Prinzessin auf ihren Ring aufpaßte. Aber eines Tages, als sie auf den höchsten Schloßturm gestiegen war, um den Sonnenaufgang zu sehen, glitt ihr der Ring vom Finger und fiel zur Erde. Und gerade da stieß ein gewaltiger Adler nieder, verschlang ihn und verschwand in den Lüften.

Als die Eltern der Prinzessin davon erfuhren, wurden sie furchtbar traurig vor Angst, daß ihr armes Kind nach Jahresfrist sterben müsse, wenn sich der Ring nicht wieder einfände. Im ganzen Königreich wurde verkündet, daß derjenige, welcher den Ring herbeischaffe, die Prinzessin zur Frau bekäme. Die vornehmsten Edelleute machten sich auf die Suche nach dem Räuber, und so vereinsamte das Königsschloß nach und nach. Man rottete die Adler des ganzen Reiches aus, aber der so sehnlich begehrte Ring fand sich in keinem der Vögel.

Arme Prinzessin, noch fünfzehn Tage verblieben ihr. Ihre Eltern waren untröstlich, sie aßen nichts mehr und konnten auch keinen Schlaf finden. Mehrere Feen wurden um Rat gebeten, aber alle erklärten, daß die Prinzessin zur vorausbestimmten Zeit sterben müße, daß es ohne den Ring keine Hoffnung gäbe.

Nun liebte das Mädchen einen Edelmann ihres Alters. Dieser ging zu seiner Patin, einer Fee, und fragte: »Patin, gute Patin, wo kann ich den Adler finden, der den Ring der Prinzessin geraubt hat?«

Die Fee, die ihr Patenkind sehr gern hatte, antwortete: »Der Adler, der den Ring gestohlen hat, wohnt sehr weit weg. Hier hast du ein Pferd, du brauchst ihm nur zu folgen, und es wird dich in wenigen Tagen dorthin bringen.«

Der Jüngling bedankte sich bei ihr, stieg auf das Pferd und ritt los. Lange, lange waren sie unterwegs, bevor sie in das Reich des Adlers kamen.

»Sind wir bald da?« fragte der Reiter.

»Noch nicht«, antwortete das Pferd.

Sie ritten Tag und Nacht und langten nach sieben Tagen am Ufer des Meeres an. Auf einer Insel mitten im Meer hatte der Adler sein Revier.

»Wie kommen wir nur hinüber, mein gutes Pferd?«

Das Pferd antwortete nicht, sondern galoppierte über die Wasseroberfläche, und ohne naß zu werden, erreichten sie die Insel. Dort empfing sie lautes Gekreisch. Das waren die Adler, die wütend darüber waren, daß ihre Zuflucht entdeckt war. Alle fielen sofort über den Reiter und sein Pferd her und hackten erbittert auf sie ein. Aber das Pferd war ja ein Zauberpferd und konnte sich so gut wehren, daß eine große Anzahl der Adler tot liegenblieb. Doch dann kam plötzlich der Riesenadler, der den Ring geraubt hatte, packte den Jüngling bei den Kleidern und stieg geschwind in die Lüfte auf.

Die Adler stießen ein Freudengeschrei aus, traurig und entmutigt legte sich das Pferd ins Gras. Der Entführer, es war der König der Adler, schwang sich weit hinauf. Aus gewaltiger Höhe wollte er den Edelmann stürzen, um ihn unweigerlich am Boden zu zerschmettern. Doch dem jungen Mann fiel eine List ein. Er nahm einen Strick, den er in der Tasche hatte, band ihn sich um den Leib und befestigte das andere Ende an den Krallen des Adlers. Der Vogel hatte nichts bemerkt, und als er endlich seinen Gefangenen in die Tiefe stürzen wollte, riß dieser ihn mit sich und landete unverletzt auf dem Erdboden.

Dort packte er sein Messer, schnitt den Bauch des Adlers auf und fand den gesuchten Ring. Wie war er froh und glücklich, daß seine Geliebte nicht sterben würde! Blitzschnell sprang er auf sein Zauberpferd und galoppierte, so schnell er konnte, davon. Einen Tag vor Ablauf der Frist kam er zum Königspalast.

Jedesmal, wenn der König und die Königin ihre Tochter sahen, die todunglücklich war, so jung sterben zu müssen, brachen sie in Tränen aus. Noch weit unglücklicher aber war die junge Königstochter, weil sie den Jüngling, den sie von ganzem Herzen liebte, an ihrer Seite vermißte.

»Ach«, sagte sie sich, »er wird den Tod gefunden haben, wie so viele andere auch, die mich retten wollten. Der Adler hat ihn sicher getötet.«

Und sie vergoß heiße Tränen.

Doch da öffneten sich die Schloßtore, und der Name des Geliebten drang aus den Jubelrufen an ihr Ohr. König, Königin und alle Hofleute umringten sogleich den Siegreichen und überschütteten ihn mit Fragen, ob es denn wirklich wahr sei, ob er denn auch wirklich den Ring brächte. Der Glückliche steckte ihn selbst an den Finger der Prinzessin, und sie wurde seine Gemahlin. Dreißig Tage lang feierten sie ein herrliches Hochzeitsfest, und das ganze Königreich feierte mit. Später wurden sie selbst König und Königin und regierten ihre Untertanen gerecht und weise. Als sie nach mehr als hundert Jahren starben, hinterließen sie zwölf Söhne und viele Enkelkinder, die wie sie glücklich und zufrieden bis an ihr Lebensende lebten.

Erzählt von Margarita Colonna aus Porto-Vecchio

Das Mädchen, das die Nachtigall liebte

Eine Frau hatte eine Tochter von unvergleichlicher Schönheit. Sie wurde Belladonna genannt. Bei ihrer Geburt hatten ihr die Feen die verschiedensten Gaben verliehen, unter anderem die Macht, sich in jede gewünschte Gestalt zu verwandeln.

Eines Tages nun sprach Belladonna zu ihrer Mutter: »Mutter, ich möchte heiraten.«

»Aber mein Kind, du bist ja erst fünfzehn Jahre alt.«

»Ich möchte aber unbedingt heiraten.«

»Also gut, wenn es dein Wille ist, dann nenne mir deinen Auserwählten.«

»Ich möchte die Nachtigall heiraten, die allmorgendlich in unserem Apfelbaum singt.«

»Du willst eine Nachtigall heiraten? Bist du von Sinnen, oder machst du dich über mich lustig?«

»Du kannst sagen, was du willst, ich heirate den Vogel, denn ich liebe ihn.«

Die arme Mutter war sehr betrübt.

»Liebe Tochter, mein geliebtes Kind, nimm einen liebenswerten, schönen, reichen Mann, der dich glücklich macht und mit dem du leben kannst.«

»Ihr könnt mich nicht umstimmen, ich will die Nachtigall.«

»Ach, willst du in den Bäumen umherklettern? Du bist viel zu groß, als daß du ihr überallhin folgen könntest.«

»Habe ich denn nicht die Macht, mich in eine Nachtigall zu verwandeln?«

Als die Mutter merkte, daß es ihr nicht gelingen würde, ihre Tochter zu überzeugen, schloß sie sie zweifach ein aus Angst, diese könnte in irgendeiner Gestalt entwischen.

Eines Tages lud eine Verwandte die Mutter zu einem Fest in der Nachbarschaft ein, und Belladonna wurde der Obhut des Kaplans anvertraut.

Kaum hatte die Mutter das Haus verlassen, bat das junge Mädchen: »Kaplan, guter Kaplan, laßt mich doch einen dieser herrlichen Granatäpfel pflücken, die vor unserer Haustür wachsen.«

»Nein, mein gutes Kind, Eure Mutter hat mir verboten, Euch hinauszulassen.«

»Dann holt mir wenigstens einen, damit ich ihn essen kann.«

»Das will ich gern tun.«

Und der Kaplan öffnete die Tür zu Belladonnas Zimmer. Sogleich sagte sie zu sich: »Ich sei eine Fliege.« Und schon flog sie aus dem Haus. Einmal nach draußen gelangt, fand sie es schöner, ein Mädchen zu sein, und wünschte: »Ich sei Belladonna.« Und sie nahm ihre alte Gestalt an. Nun lief das Mädchen durch die Felder und suchte ihre Nachtigall.

Die Verwunderung des Kaplans, als er bei seiner Rückkehr Belladonna nicht mehr vorfand, könnt ihr euch sicher vorstellen. Vergebens fragte er sich, wo sie geblieben sei, und überall suchte er sie, doch umsonst.

Als die Mutter vom Fest heimkehrte, war sie über das Verschwinden ihrer Tochter sehr erzürnt, mußte sich aber schließlich doch damit abfinden.

Der Kaplan machte sich auf die Suche nach der Flüchtigen. Nachdem er den ganzen Tag umhergeirrt war, sah er Belladonna, wie sie sich gerade am Ufer eines Flusses ausruhte.

»Belladonna, Belladonna, habt keine Angst, Eure Mutter wird Euch vergeben.«

Doch bei seinem Anblick verwandelte sich das Mädchen schnell in einen Aal und glitt in den Fluß. Suchend näherte sich der Kaplan dem Ufer, doch er sah nur einen Aal, der sich im Wasser schlängelte, keine Spur mehr von dem Mädchen.

Da die Nacht hereinbrach, wandte er sich heimwärts und berichtete der Mutter: »Ich habe Eure Tochter nahe bei einem Fluß gesehen, habe sie auch angesprochen, aber als sie mich bemerkte, verschwand sie sofort, ohne daß ich sagen kann, wo sie geblieben ist. Nur ein Aal tummelte sich im Wasser.«

»Dieser Aal war meine Tochter. Wenn du ihn gefangen hättest, wäre sie in ihre alte Gestalt zurückverwandelt worden.«

Der Kaplan machte sich von neuem auf. In einer weiten Ebene erblickte er das Mädchen von fern. Schnell wollte er zu ihr laufen, da stand plötzlich ein undurchdringlicher Wald vor ihm, in welchem sich der Kaplan verirrte.

Zur Heimkehr gezwungen, erzählte er der Mutter, was ihm widerfahren war.

»Hättest du nur einen Zweig von den Bäumen dieses Waldes gebrochen, wäre Belladonna gezwungen, dir zu folgen, und wir hätten meine Tochter wieder.«

Zum dritten Mal brach der Kaplan auf.

Am Eingang eines Dorfes sah er eine Kapelle, daneben stand ein Priester, der in seinem Brevier las.

»Habt Ihr nicht vor kurzem ein Mädchen vorbeigehen sehen?«

»Man liest gerade die Messe!«

»Das hatte ich Euch nicht gefragt. Habt Ihr ein Mädchen vorbeigehen sehen?«

»Tretet ein, Ihr kommt gerade noch rechtzeitig.«

»Der Teufel hole Euch samt Eurer Messe!«

Und unverrichteter Dinge mußte der Kaplan zur Mutter Belladonnas zurückkehren.

»Was hast du gesehen?«

»Ich sah eine Kapelle und einen Priester, der sein Brevier las.«

»Herrje, das war meine Tochter, hättest du ihn gepackt, hätte sie dir folgen müssen.«

»Aber wie konnte ich denn, er sah so würdevoll aus.«

»Ach schweige doch, du wirst es niemals fertigbringen. Ich will selbst losgehen.«

Und nun machte sich die Mutter auf den Weg. Nach mehr als dreitägiger Suche erblickte sie ihre Tochter, die unter einem Baum saß und mit ihrer geliebten Nachtigall plauderte.

Wie sie sich entdeckt sah, verwandelte sich die schöne Liebende in einen Rosenstock.

Doch dieses Mal hatte sie kein Glück. Ihre Mutter bemächtigte sich des vollerblühten Busches und nahm ihn mit nach Haus. Während des ganzen Heimwegs begleitete sie der traurige Gesang der Nachtigall:

»Gebt mir meine Geliebte wieder,
wir sind für immer vereint.
Bei der Hochzeit war die Lerche die Ehrenjungfrau,
Buchfink und Flieder die Zeugen.
Gebt mir meine Geliebte wieder,
wir liebten uns aus vollem Herzen.
Ihr Herz und meines sind nun ein einziges Herz;
und wenn sie stirbt, so werde auch ich sterben.«

Aber die Mutter Belladonnas hörte nicht, sondern strebte nur noch eiliger dem Hause zu. Dort wollte sie so schnell wie möglich Belladonna zurückverwandeln, was mit Hilfe eines wundertätigen Wassers, das ihr eine befreundete Fee geschenkt hatte, geschehen sollte. Doch der arme Rosenbusch begann zu sterben. Ein Blütenblatt fiel auf den Weg, dann ein zweites, ein drittes, bis er ganz entblättert war.

Als die Mutter endlich daheim anlangte, war der Rosenbusch ganz verdorrt.

Die Nachtigall war der Geliebten gefolgt, drei Tage lang sang sie jeden Morgen traurig im Apfelbaum. Am vierten Tag sang die Nachtigall nicht mehr. Auch sie war vor Kummer gestorben.

Erzählt von Alessandro d'Aurelio aus Olmiccia

Der Zauberring

In der Zeit vor dem Einfall der Sarazenen lebten sechs Brüder mit ihrer Schwester in tiefster Armut, denn ihre Eltern waren schwer krank und konnten nicht mehr arbeiten.

Eines Tages gingen sie in einen nahegelegenen Wald Kastanien suchen, und als sie nur wenige fanden, sprach der Jüngste zu seinen Brüdern: »Ich werde in die Welt ziehen und versuchen, das Glück zu finden. Nach Ablauf einer Woche komme ich zurück und erzähle euch, wie es mir ergangen ist.«

Nach diesen Worten machte sich der jüngste Bruder auf den Weg. Einige Tage war er schon unterwegs, da erblickte er mitten im Wald ein kleines Haus.

»Endlich«, sprach er zu sich, »kann ich einen Augenblick verschnaufen und ein Stück Brot essen.«

Er klopfte an.

»Wer ist da?« rief es von drinnen.

»Ich bin es«, antwortete der Bruder.

Die Herrin des Hauses war aber eine Fee, und wie sie sah, daß draußen ein Mensch stand, ließ sie wie aus Versehen ihren Ring fallen.

»Ah, welch schöner Ring«, rief der kleine Bruder, hob ihn auf und steckte ihn sich an den Finger.

Da bedeckte sich sein Körper mit Fell, zwei Hörner wuchsen ihm, seine Ohren wurden länger und länger, und seine Hände verwandelten sich in Bocksfüße. Er war ganz und gar zu einem Ziegenbock geworden.

»Mäh, mäh«, machte der kleine Bruder, doch nichts konnte ihm seine ursprüngliche Gestalt zurückgeben.

Die Fee band ihn fest, zog ihn in den Keller und brachte ihm frisches Gras.

Nachdem die anderen fünf vergebens auf ihren Bruder gewartet hatten, machten sie sich der Reihe nach auf die Suche. Doch am Haus der Fee steckten sich alle den Ring, den diese ihnen zuwarf, an den Finger und erlitten das gleiche Schicksal wie der Jüngste.

Nun begab sich auch die Schwester auf die Suche. Sie war schön von Angesicht und Gestalt. Ihr Name war Milia. Unterwegs sah das Mädchen einen großen Vogel, der sich in einem Strauch verfangen hatte und sich vergeblich mühte, freizukommen.

Das Mädchen nahm sein Messer, zerhieb das Dornengestrüpp und gab dem Vogel die Freiheit wieder. Beim Davonfliegen rief dieser ihr zu: »Danke, Milia, danke, tausendmal danke!«

Milia ging weiter, und als die Nacht hereinbrach, setzte sie sich unter einen Baum, um ein Stück Brot zu essen. Wie sie so aß, sah sie eine arme, alte Frau, die sich mühsam vorwärtsschleppte. Milia lief ihr entgegen und bot ihr ihre Hilfe an.

»Mein gutes Mütterchen, nehmt meinen Arm, ruht Euch ein Weilchen aus und teilt das Stück Brot mit mir, das ich noch übrig habe.«

Milia hatte die Worte kaum ausgesprochen, als sie wie geblendet stehenblieb. Die alte Frau war plötzlich zu einer wunderschönen Fee geworden. Sie trug ein prächtiges, golddurchwirktes blau-rosa Kleid und am Hals einen herrlichen Perlenschmuck.

»Wünsch dir etwas, denn ich bin so mächtig, daß ich deinen Wunsch erfüllen kann.«

»Ich möchte wissen, wo meine Brüder sind, ob sie tot sind oder am Leben.«

»Deine Brüder leben noch, aber du wirst es schwer haben, sie wiederzuerkennen. Um zu ihnen zu gelangen, brauchst du nur geradeaus weiterzugehen. Sie sind in dem ersten Haus, an das dich dein Weg führen wird, eingesperrt.«

»Danke, gute Fee.«

Und wieder wanderte Milia weiter. Stunden um Stunden war sie schon gelaufen, da sah sie ein kleines Haus.

»Dort werden sie ganz gewiß sein«, sagte sich das Mädchen und lief schneller.

Sie war bis auf etwa fünfzig Schritt an das Haus herangekommen, da erblickte die böse Fee das Mädchen. Geschwind warf sie ihren Zauberring, aber ein großer Vogel stieß hernieder und trug ihn in seinem Schnabel davon. Es war derselbe Vogel, den Milia befreit hatte.

Milia klopfte an die Tür und trat ins Haus.

»Setz dich doch erst einmal«, forderte die Alte sie auf, »du mußt doch müde sein, ich werde etwas zu essen holen.« Und sie verließ das Zimmer.

Da pochte der Vogel ans Fenster: »Milia, nimm nichts von dieser bösen Frau, oder du wirst zu Stein werden. Deine Brüder wurden zu Ziegenböcken verwandelt und im Keller eingeschlossen.«

Nun kam die alte Fee zurück.

»Hier, iß ein Stück von diesem Kuchen und trink einen Schluck von diesem ausgezeichneten Wein.«

»Vielen Dank, aber ich habe weder Hunger noch Durst.«

»Nanu, nach einer so langen Reise?«

»Ich brauche nichts. Wenn Ihr mir einen Gefallen erweisen wollt, so laßt mich ruhig in dieser Ecke schlafen.«

»Wie du wünschst«, erwiderte die Fee und dachte: »Diese Kleine darf mir nicht entwischen. Ich muß sie um jeden Preis haben.«

Sie holte eine goldene Kette und Kleider, die in allen Himmelsfarben leuchteten.

»Wenn du schon weder essen noch trinken willst, so nimm wenigstens diese Dinge. Jeder, der bei mir rastet, nimmt ein Zeichen meiner Güte mit sich.«

»Was soll ich armes Mädchen mit diesen kostbaren Gewändern anfangen? Auf den engen, dornigen Pfaden werden Kleider und Geschmeide schnell verderben.«

Als sie einsah, daß alle ihre Kniffe umsonst waren, legte sich die hinterlistige Fee in ihr Bett und fiel sofort in einen tiefen Schlaf.

Wieder klopfte der Vogel ans Fenster: »Milia, wach auf, wach auf, Milia.«

»Was willst du?«

»Töte diese böse Fee, sonst findet sie ein Mittel, dich zu vernichten. Nimm dann das Hemd, welches sie trägt, und ziehe es selbst an, so wirst du ihre Zauberkraft erlangen.«

Milia erhob sich ohne einen Laut, nahm das Messer, das auf dem Tisch lag, und schnitt der bösen Fee den Hals durch. Danach zog sie ihr die Kleider aus und streifte sich das Hemd über. Im gleichen Moment wurden ihr eine Menge Dinge bewußt, und sie verstand auf einmal, was ihr zuvor ein undurchdringliches Geheimnis schien.

Bevor sie ihre Zauberkraft ausprobierte, sah sich Milia das ganze Haus an. In einem Raum standen viele Statuen, zwei davon abgesondert in einer Nische. Das waren ein König und eine Königin, die von der Fee verzaubert worden waren.

Dann stieg Milia in den Keller. Dort sah sie sechs Ziegenböcke, die entsetzlich mager waren, obwohl im Überfluß zu fressen dalag. »Ach, die armen Tiere, und das sollen meine Brüder sein?« Und die gute Schwester begann zu weinen.

Gleich wollte sie sie zurückverwandeln, aber sie wußte nicht, wie sie es anstellen sollte. Zum Glück erinnerte sie sich, was auf dem Hemd der Fee geschrieben stand:

»Hemd, Hemd, bis zum Tod gehorche mir
bei allem, was ich will.«

Milia sprach diese Worte und dachte dabei: »Hemd, Hemd, mach, daß diese Böcke wieder Menschen werden wie zuvor.« Und sogleich verloren die Böcke ihr Fell, ihre Hörner fielen ab, und ihre Bocksfüße verwandelten sich wieder in zwei menschliche Hände und Füße.

Stellt euch Milias Freude vor! Sie fiel ihren Brüdern, die sie gleich wiedererkannt hatte, um den Hals, und sie wollten gar nicht aufhören, sich zu umarmen.

»Wo ist die alte Fee, die uns in Tiere verwandelt hat?«

»Sie ist tot, und ich habe all ihre Zauberkraft.«

»Wie ist das möglich, worin besteht diese Macht?«

»Ich kann euch mein Geheimnis nicht verraten. Jetzt muß ich noch alle anderen befreien, die in diesem Schloß sind.«

Das war schnell getan.

Der König, die Königin und die vielen anderen dankten Milia herzlich, wie ihr euch denken könnt. Sie wollten ihr Schlösser und Städte schenken, doch Milia lehnte alles ab. Hatte sie nicht das Hemd der Fee, um sich alle Wünsche zu erfüllen? Das Mädchen ließ mit ihrer Zauberkraft schöne goldene Kutschen aus der Erde hervorwachsen und verteilte sie an alle, die dort waren, damit sie nach Hause zurückkehren konnten.

Sie selbst nahm auch eine und spannte zwei schöne Pferde davor, die schneller liefen als der Wind. Und so gelangte sie bei ihren Eltern an. Diese waren ganz verwundert, als sie Milia mit ihren Brüdern in einem solchen Gefährt sahen.

»Unsere Tochter hat das Glück gefunden«, dachten sie und waren zufrieden.

Doch eines Tages wurde das Hemd schmutzig, so schmutzig, daß Milia es zum Waschen geben wollte. Man breitete es zum Trocknen in der Sonne aus. Ein Landstreicher sah es, nahm es an sich und ergriff die Flucht. So konnte man lange danach suchen, das Hemd fand sich nicht wieder.

Untröstlich, das kostbare Hemd und damit ihre Zauberkraft verloren zu haben, starb Milia bald darauf.

Was ihre Brüder anbelangt, so machten sich diese auf die Suche nach dem Dieb, und man hat nie wieder von ihnen gehört. Sollte ich etwas von ihnen erfahren, werde ich es euch gewiß erzählen.

Erzählt von Adelaide de Alma aus Porto-Vecchio

Die zwei Schatullen

Der Sohn eines mächtigen Königs liebte eine hübsche Köhlerin. Als seine Eltern davon erfuhren, waren sie sehr verärgert und zwangen ihn, eine reiche Prinzessin zu heiraten. Diese hatte, obwohl sie noch jung war, bereits viele Liebhaber gehabt. Die Prinzessin fürchtete, daß ihr Gemahl in der Hochzeitsnacht ihren schlechten Lebenswandel erkennen würde. Deswegen schickte sie ihre Kammerfrau, eine Jungfrau zu suchen, die einwilligen würde, mit dem Königssohn diese Nacht zu verbringen. Gerade am Palastausgang angelangt, traf die Kammerfrau auf die Köhlerin.

»Bist du eine Jungfrau?«

»Ja.«

»Wärst du bereit, diese Nacht bei dem Prinzen zu verbringen?«

»Ich würde gern, aber ist er nicht verheiratet?«

»Ja, aber aus Gründen, die ich dir nicht erklären kann, wünscht die Prinzessin, daß du ihren Platz einnimmst.«

»Und was wird der Prinz dazu sagen?«

»Wir werden es schon so einrichten, daß er nichts merkt.«

Der Abend war gekommen, und die hübsche Köhlerin ging zu ihrem Geliebten.

Als der Tag heraufdämmerte, bat das Mädchen, das sich nicht zu erkennen gegeben hatte, den Königssohn: »Schenkt mir den Ring, den Ihr am Finger tragt, ich möchte ihn als ewiges Pfand unserer ersten Liebesnacht haben.«

Der Prinz wollte seine Frau nicht verstimmen und gab ihr seinen Ring. Danach kleidete sich die hübsche Köhlerin an und ging fort.

In der folgenden Nacht kam sie von neuem als Prinzessin verkleidet, und dieses Mal erbat sie als Andenken die gestickte Schärpe, die der Königssohn am Hochzeitstag getragen hatte. Dieser willigte ein, auch in der dritten Nacht, in der er ihr einen herrlichen Diamantgürtel schenkte.

Die Prinzessin glaubte nun jegliches Mißtrauen zerstreut und wollte ihrerseits die Nacht bei dem Ehemann bleiben. Zum Glück für sie war er müde und bemerkte nichts.

Neun Monate verstrichen. Nach Ablauf dieser Zeit kam die Köhlerin nieder und gebar einen allerliebsten Knaben. Am selben Abend noch begehrte sie den Königssohn zu sehen.

Der Prinz begab sich gleich zu ihr, und die hübsche Wöchnerin zeigte ihm ihr Kind, das ganz in eine herrliche Schärpe eingewickelt war, geschnürt mit einem kostbaren Diamantgürtel. Am Finger hatte es einen herrlichen Ring. All diese Dinge erkannte der Prinz sofort wieder.

»Wie kommen diese Schärpe, dieser Gürtel und dieser Ring hierher?«

Da erzählte ihm die schöne Köhlerin alles, was sich ereignet hatte, und ihr Geliebter entschied, daß er nunmehr keine andere Gemahlin hätte als sie.

Danach begab sich der Königssohn zu seinem Juwelier und sprach: »Fertigt mir zwei Schatullen an, die eine aus Gold, aber sehr grob bearbeitet, die andere aus Silber, aber Ihr müßt all Eure Kunst und all Euer Talent auf diese Arbeit verwenden.«

Als die Schatullen nach den Wünschen des Prinzen vollendet waren, zeigte er sie dem König, seinem Vater, und fragte ihn: »Welche von diesen zwei Schatullen erscheint Euch am bewundernswürdigsten?«

»Ah«, versetzte der König, »diese hier aus Gold ist sehr wertvoll, aber sie ist so schlecht gearbeitet, daß es keinen Künstler im ganzen Königreich gibt, der nicht die silberne bevorzugen würde, ein wahres Meisterwerk der Ziselierkunst und von ausgesuchter Schönheit.«

»Welche dieser zwei Schatullen gefällt Euch besser?«

»Ich habe es dir bereits gesagt, ich würde der silbernen den Vorrang geben.«

»So hört: Das goldene Kästchen stellt die Frau dar, die Ihr mich heiraten hießet, das silberne ein armes Mädchen, das ich liebe und das tausend liebenswerte Eigenschaften hat.«

Nun erzählte der Prinz dem Vater von dem üblen Leben, das seine Frau geführt hatte, von ihrer Zügellosigkeit und schließlich von ihrer List in der Hochzeitsnacht.

Der König traute seinen Ohren kaum, als er all das vernahm. Erzürnt ließ er die Prinzessin rufen, die es nicht wagte, ihre Missetaten zu leugnen.

Sie wurde mit Schimpf und Schande zu ihren Eltern zurückgeschickt, die untröstlich über den Lebenswandel ihrer Tochter waren und sich über eine so verdiente Strafe nicht beklagten. Der junge Prinz heiratete bald darauf die hübsche Köhlerin, und sie lebten glücklich und in Frieden miteinander.

Erzählt von Giuseppe Quilichini aus Poggio-di-Tallano

Die Rosenwasserquelle

Einst lebte in Aleria ein Mann, der so reich war wie ein König, doch das Schicksal wollte es, daß er in seinen letzten Lebensjahren erblindete.

So rief er seine drei Söhne und sprach: »Alles, was

ich besitze, wird demjenigen zufallen, dem es gelingt, mich zu heilen.«

Nun reisten die drei Söhne durch die Welt und fragten die besten Ärzte um Rat, doch keiner konnte dem Greis das Augenlicht zurückgeben. Schließlich erklärte ihnen ein Arzt, der weiser als die anderen war: »Durch keine menschliche Macht kann dieses Leiden geheilt werden, nur eine Flasche, die an der Rosenwasserquelle gefüllt wurde, vermag das. Einige Tropfen dieses wundertätigen Wassers genügen, das Augenlicht zurückzugeben.«

Alle drei Söhne wollten sogleich zu der Quelle gehen, doch keiner von ihnen wußte, wo sie sich befand.

Dennoch brachen sie, von der Hoffnung geleitet, die Quelle irgendwann zu finden, auf. Jeder von ihnen schlug einen anderen Weg ein.

Nach langer Wanderung begegnete der erste einer jungen Frau, die ein Kind auf dem Arm trug.

»Wohin gehst du?« fragte sie ihn.

»Was geht dich das an? Bin ich dir Auskunft schuldig?«

»Wie du willst, geh, wohin dich dein Schicksal führt.«

Der Älteste setzte seinen Weg fort und erreichte die Quelle. Dort wurde er von den Löwen und Schlangen, den Wächtern der Quelle, verschlungen.

Der zweite Bruder traf die gleiche Frau auf seinem Weg.

»Wohin gehst du?«

»Du bist zu neugierig und tätest besser daran, dich um deine eigenen Angelegenheiten zu kümmern.«

»Also gut, ich werde mich nicht um die deinen kümmern.«

Am Ziel der Reise angelangt, wurde auch der mittlere Bruder von den wilden Tieren, die die Quelle hüteten, verschlungen.

Auch dem Jüngsten begegnete die junge Frau mit dem Kind, die keine andere als die Heilige Jungfrau mit dem Jesuskind war.

»Wohin gehst du?«

»Ich möchte dieses Fläschchen an der ›Quelle des Rosenwassers‹ füllen, um meinen blinden Vater zu heilen.«

»Und weißt du auch, wo sich die Quelle befindet?«

»Nein, aber der Gedanke an meinen blinden Vater gibt mir Mut, und wenn ich sie richtig suche, werde ich diese wundersame Quelle schließlich auch finden.«

»Mein Kind, ich sehe, daß du ein gutes Herz hast. Um die Quelle zu finden, brauchst du nur dieser Straße zu folgen. Doch nimm dieses Stück Wachs. Stürzen sich die wilden Tiere auf dich, so gib jedem ein Krümchen davon, es genügt, sie zu töten. Hast du die Flasche gefüllt, kehre um. Und verwahre das Wasser sorgsam, denn einige Tropfen, auf einen Toten gespritzt, erwekken diesen wieder zum Leben.«

Der junge Mann brach auf und fand auch endlich die Rosenwasserquelle. Er hörte schreckliches Brüllen und schrilles Zischen, das ihm die Haare vor Entsetzen zu Berge trieb.

Beim Anblick des Jünglings stürzte eine riesige Schlange auf ihn zu, doch etwas von dem Wachs tötete das Ungeheuer schnell. Die anderen Untiere erlitten das gleiche Schicksal, und der jüngste Bruder konnte sich endlich der Quelle nähern.

Mit der gefüllten Flasche kehrte er nach Aleria zurück, doch ach!, einige Tage zuvor war sein Vater verstorben. Zum Glück erinnerte sich der traurige Sohn an die Worte der Heiligen Jungfrau. So ließ er das Grab des Toten öffnen, und dank des wundertätigen Wassers hatte er das Glück zu sehen, wie sein Vater nach und nach das Leben zurückgewann, wie er anfing, sich zu erheben und zu sprechen.

Stellt euch die Freude und Überraschung der Leute vor! Jeder glaubte an ein Wunder, und trotz der heftigen Einwände des guten Sohnes hielt man ihn für einen Heiligen. Tatsächlich starb zu seinen Lebzeiten niemand in Aleria, ein Tropfen seines kostbaren Quellwassers reichte, um die Sterbenden zu heilen.

Doch als die Reihe an ihn selbst kam, war die Flasche zu allem Unglück leer. Der gute Sohn hatte indessen ein so hohes Alter erreicht, daß er darüber nicht betrübt war.

Erzählt von Signora Marini aus Porto-Vecchio

Von der Königstochter Maria

Ein König hatte zwei Töchter und einen Sohn. Als er fühlte, daß seine Tage gezählt waren, rief er seine Kinder und sprach zu ihnen: »Heute möchte ich mein Reich und meine Schätze unter euch aufteilen. Doch sagt mir zuerst, welcher Art eure Liebe zu mir ist.«

Die erste Tochter trat vor und sprach: »Ich liebe Euch mehr als mein Leben und meine Seele, für Euch würde ich Jesus Christus ein zweites Mal kreuzigen lassen.«

»Das ist gut, meine Tochter, komm her und umarme mich!«

Nun war der Jüngling an der Reihe: »Mein Vater, ich liebe Euch mehr als das Königreich, das Ihr mir geben wollt. In heiße Feuersglut würde ich mich hineinstürzen, um Euch meine Ergebenheit zu beweisen.«

»Mein Kind, komm und umarme mich, dein Vater wird dich nicht vergessen.«

Schließlich trat die Jüngste, Maria mit Namen, vor ihren Vater und sprach: »Ich, mein Vater, liebe Euch, wie eine gehorsame und ergebene Tochter einen Vater wie Euch lieben muß.«

Bei diesen Worten erbleichte der alte König. Da er glaubte, daß ihn seine Tochter nicht liebe, ergriff ihn ein heftiger Zorn.

»Geh mir aus den Augen, undankbare Tochter, die niemanden liebt!«

Und die Unglückliche mußte gehorchen, denn sonst hätte ihr Vater sie töten lassen.

Bevor sie fortging, stieg Maria in ihre Kammer hinauf, und dort weinte sie. Aber da die Zeit drängte, nahm sie alle ihre gold- und silbergestickten schönen Kleider und packte sie in eine große Tasche. Danach ging sie auf dem erstbesten Weg, der sich ihr bot, fort.

Die ganze Nacht war die Unglückliche unterwegs, da erreichte sie einen Bauernhof. Sie wollte schon an die Tür klopfen, doch fiel ihr ein, daß die jungen Männer, die dort wohnten, sie zu schön finden könnten. So kehrte sie um und verirrte sich in einem tiefen Wald.

Dort lebte das arme Kind nur von wilden Früchten und dem Wasser der Bäche. Mehrere Wochen irrte sie so umher, bis sich der Wald endlich lichtete.

An einem Wegrand fand sie einen toten Esel. Die Prinzessin zog ihm mit ihrem Messer das Fell ab, ließ es trocknen und bekleidete sich damit, um für eine einfache Dienerin gehalten zu werden. So gekleidet, wanderte das Mädchen noch lange umher und trug immer die Tasche bei sich, in der seine schönen goldenen und silbernen Kleider eingepackt waren.

Da kam sie an ein prächtiges Schloß.

»Braucht Ihr eine Dienerin?« fragte sie.

»Ja, wir brauchen eine Hirtin für die Ziegen.«

So trat das Königskind in Herrendienst.

Jeden Morgen führte Maria die Ziegen in die Berge. Das Eselsfell, in das sie sich gehüllt hatte, machte sie so häßlich, daß niemand sie anzuschauen wagte.

Trotzdem war die arme Kleine sehr hübsch. Ihr werdet euch sicher denken können, daß Maria in der traurigen Lage, in der sie sich befand, kaum eine Freude hatte. Die Erinnerungen an ihren Vater, den sie sehr liebte, obwohl er sie verstoßen hatte, und an ihre Geschwister, die sie vielleicht nie wiedersehen würde, erfüllten ihr Herz mit Trauer.

Eines Tages träumte die junge Schäferin von ihrem Land, von ihrem Vater, von den schönen Tagen ihrer Kindheit, und noch einmal wollte sie ihre schönen goldenen und silbernen Kleider anziehen. Sie führte ihre Ziegen an ein Gebirgsbächlein, dort löste sie ihre Haare, wusch sich Hände und Füße und kleidete sich wie einst im Hause ihres Vaters. Niemals hatte sich die traurige Maria so schön gefunden.

Nun bekam sie Lust, ein Lied aus ihrer Heimat zu singen, und sie sang so süß, daß die Ziegen aufhörten zu weiden.

Als jedoch die Nacht hereinbrach, zog das Mädchen wieder ihr altes Eselsfell über.

Da erschien ein Jüngling, der sich auf der Jagd verirrt hatte und kein anderer als der Sohn des Königs war. Er hatte alles gesehen und gehört. Mußte er ein so zauberhaftes Wesen nicht gern haben?

Als sie sich entdeckt sah, zitterte die hübsche Hirtin und entfloh zum Schloß ihres Herrn, ohne auch nur an ihre Ziegen zu denken. Unglücklicherweise hatte Maria in ihrer Eile einen ihrer schönen Schuhe verloren. Er war so winzig klein, wie man noch keinen gesehen hatte.

Der Königssohn war seit jenem Tage von einer heftigen Liebe zu der Ziegenhirtin erfaßt, die so süß gesungen hatte und die er außergewöhnlich schön fand. In allen Richtungen ließ er sie suchen, aber vergebens, man konnte sie nirgendwo finden.

Nun verkündete man im ganzen Königreich, der Prinz wolle diejenige heiraten, der der gefundene Schuh passe.

Könnt ihr euch den Andrang der Frauen vorstellen?

Alle glaubten einen so kleinen Fuß zu haben, daß der Prinz sie gewiß heirate, aber keine konnte auch nur mit den Zehenspitzen in den Schuh hineinfahren.

Der Prinz wollte schon alle Hoffnung aufgeben, da zeigte man ihm an, daß die kleine Schäferin vom benachbarten Schloß gekommen sei. Sogleich wurde Maria, die noch ihr Eselsfell trug, herbeigeholt und dem Prinzen vorgeführt.

Welche Überraschung, ihr Fuß paßte genau in den Schuh.

»Es lebe die Königin!« riefen die Hofdamen spöttisch.

Und als die Eltern des jungen Prinzen erfuhren, auf wen die Wahl ihres Kindes gefallen war, gerieten sie in Zorn und schwuren, niemals die Erlaubnis zu einer Heirat mit der häßlichen Hirtin zu geben.

Aber Maria, die ja auch eine Königstochter war, sprach zu ihnen: »Wenn ich jetzt Ziegen hüte, so glaubt nicht, daß ich diesen Beruf seit meiner Kindheit ausübe, denn mein Vater ist König eines sehr mächtigen Volkes.«

Die Höflinge begannen zu lachen und sich über ihre Worte lustig zu machen.

Das Mädchen indessen legte ihre schönen goldenen

und silbernen Kleider an und erschien darauf in ihren herrlichen Gewändern.

Alle wurden von Erstaunen ergriffen, und bewundernd riefen sie: »Oh, wie schön sie ist, wie wunderschön!«

Überglücklich wollte der Prinz sie am gleichen Tag noch heiraten, aber Maria sprach zu ihm: »Ich werde Euch erst heiraten, wenn mein Vater seinen Fehler mir gegenüber eingesehen hat und wenn er hierherkommen wird, um an dem Hochzeitsfest teilzunehmen.«

Also schickte man Boten zum alten König, aber ach, diese kamen bald tieftraurig zurück.

»Warum seid ihr so betrübt, liebe Boten?« fragte Maria.

»Mächtige Prinzessin, der König, Euer Vater, ist dem Wahnsinn verfallen. Sein Sohn und seine Tochter haben ihm alles, was er besaß, weggenommen, haben ihn das Notwendigste entbehren lassen und haben ihn, als er sich darüber beklagte, schließlich in ein schreckliches Gefängnis, das niemand betreten darf, einsperren lassen.«

Als Maria, die gut und lieb war, das hörte, begann sie zu weinen.

»Beruhigt Euch, Euer Vater wird gerächt werden«, versicherte ihr Bräutigam und bemühte sich, sie zu trösten.

»Ich werde Euch erst heiraten«, sagte die unglückliche Tochter, »wenn mein Vater den Thron wiedererlangt und, an Leib und Seele genesen, der Hochzeitszeremonie beiwohnen kann.«

Nach dieser Entscheidung erklärten die Eltern des Prinzen den undankbaren Kindern, die ihren alten Vater so getäuscht hatten, den Krieg. Diese wurden bald besiegt, und der unglückliche Greis erhielt seinen Thron zurück.

Doch durch alles Unheil war der Vater von Maria ganz von Sinnen, und erst nach einem Jahr erlangte er durch die zärtliche Pflege und nicht endenwollende Aufopferung seiner liebenswerten Tochter den klaren Menschenverstand wieder.

Nun stand der Hochzeit des Prinzen mit der bezaubernden Prinzessin nichts mehr im Wege. Man feierte sie mit großer Pracht. Von allen Seiten strömten Gäste herbei, um an der Hochzeitsfeier und dem anschließend stattfindenden Hochzeitsmahl teilzunehmen.

Die Musikanten spielten auf den Plätzen der Stadt, und weithin erklang das Geläut der Glocken.

Was mich anbetrifft, die ich weder Prinzessin noch Gräfin bin, man schob mich einfach unter den Tisch, und dort bekam ich einen großen Teil der Knochen des Festschmauses einfach auf die Nase.

Erzählt von Adelaide de Alma aus Porto-Vecchio

Die Steinsuppe

Es lebten einmal zwei Schwestern, die eine sehr reich und die andere in tiefster Armut. Die Arme, die sechs Kinder hatte, bat eines Tages die Reiche: »Gib mir ein halbes Brot, denn ich habe nichts mehr zu essen.«

Aber ihre Schwester wies sie zurück und sprach: »Komm mein Brot backen, wenn du willst, daß ich dich ernähre.«

Die Unglückliche nahm an, und als Lohn gab man ihr täglich ein kleines Brot.

Da das recht wenig für eine ganze Familie war, kam die arme Schwester, Anna, einmal nach vollbrachter Arbeit nach Hause, und an ihren Händen klebte noch Teig vom Backen. Sie wusch ihn ab, machte ein Breichen daraus und ernährte so ihre Kinder, die davon ganz frisch und rosig wurden. Die Söhne Marias, der bösen Schwester, hingegen waren, obwohl sie alles hatten, was sie sich wünschen konnten, schwächlich und elend. Alle, die sie sahen, riefen: »Ach, die armen Kleinen!«

So wurde Maria eifersüchtig auf die Kinder ihrer Schwester.

»Wie können sie so frisch und schön sein?« fragte sie sich. »Sie essen doch nichts besonders Gutes und sind dennoch kräftiger als meine, die alles, was sie wollen, bekommen.«

Eines Tages, während Anna Brot buk, ging Maria in das Haus ihrer Schwester, nachzusehen, was die Kinder äßen.

»Habt ihr heute morgen schon gefrühstückt?«

»Ja, Tante.«

»Was hat es denn gegeben?«

»Unsere Mutter hat uns Brei gemacht.«

»Und wo hat sie denn das Mehl hergenommen? Habt ihr denn welches im Hause?«

»Nein, aber unsere Mutter kommt mit ganz weißen Händen, sie wäscht sie im Wasser, und danach setzt sie den Topf aufs Feuer. Dann ist der Brei fertig, und wir können ihn essen.«

»Aha, dachte sich die böse Maria, meine Schwester entwendet Teig, in Zukunft werde ich sie daran hindern.«

Von diesem Tage an wurde Anna gezwungen, sich die Hände zu waschen, bevor sie heimging.

Und die armen Kleinen, die keinen Brei mehr zu essen bekamen, wurden nun genauso mager wie die Söhne der bösen Maria.

Diese war zufrieden zu sehen, wie gut ihr das gelungen war, und Tag für Tag verkleinerte sie das ohnehin klägliche Stückchen Brot, das sie der Schwester gab.

Eines Abends hatte Anna nichts mehr, was sie den Kindern geben konnte. Bekümmert setzte sie sich ans Feuer und weinte.

»Was hast du, Mutter?« fragten ihre Söhne.

Die arme Frau senkte den Kopf und schwieg. Weil sie so traurig aussah, glaubte der Älteste, sie sei krank, und verhielt sich ruhig, aber der Hunger quälte ihn so, daß er bedrückt zu ihr sagte: »Ich bin hungrig, sehr hungrig.«

Der Jüngste, der sich aus Angst, der Mutter weh zu tun, entfernt gehalten hatte, kam langsam zu ihr, umarmte sie und flüsterte: »Meine gute Mutter, wenn du wüßtest, was ich für einen Hunger habe.«

Und weil sie nichts sagte, fingen alle an zu weinen. Da plötzlich schien Anna aus ihrer schmerzlichen Untätigkeit zu erwachen.

»Was habt ihr, meine Kinder, warum weint ihr?«

»Wir sind hungrig.«

»Ihr braucht nicht zu weinen, wir haben Geld und werden eine gute Suppe kochen. Du, Francesco, holst im Kochtopf Wasser, Giovanni holt Holz, und wir werden ein großes Feuer anzünden. Weint nicht mehr, ich gehe viel Fleisch kaufen und komme gleich wieder.«

Und Anna ging zu Maria.

»Meine Schwester, meine gute kleine Schwester, gib mir etwas Brot für meine Kinder.«

»Nichts bekommst du, wer Brot haben will, muß es sich verdienen.«

»Ich bitte dich, wenn du es mir verweigerst, werden wir alle Hungers sterben.«

»Das geht mich nichts an, für deine Arbeit habe ich dich immer bezahlt und schulde dir nichts.«

Tief betrübt wendete sich Anna ab.

Was kann ich ihnen geben, überlegte sie, wenn sie nur bis morgen warten würden, könnte ich ihnen vielleicht etwas besorgen.

Plötzlich hatte sie einen Einfall: Sie nahm drei schöne Steine und wickelte sie in Papier. Zu Hause angekommen, schien sie ganz fröhlich.

»Francesco, hast du Wasser geholt?«

»Ja, Mutter, hast du Fleisch?«

»Selbstverständlich, und du, Giovanni, hast du Holz gebracht?«

»Ich habe einen ganzen Berg zusammengetragen, aber sag doch, muß das Fleisch lange kochen?«

»Nein, meine lieben Kinder, geht nur solange spielen, wenn es gar ist, werde ich euch rufen.«

Die Kinder entfernten sich fröhlich.

»Wie schön, wir bekommen zu essen«, dachten sie.

Anna setzte inzwischen den Kochtopf aufs Feuer und legte die drei Steine hinein.

Kurze Zeit darauf kamen die Kinder zurück.

»Ist das Fleisch gar?«

»Nein, noch nicht.«

»Müssen wir noch lange warten?«

»Es wird schon bald fertig, geht, spielt noch ein bißchen!«

Aber die armen Kleinen rührten sich nicht von der Stelle, sie hatten keine Kraft mehr zum Spielen. Nach kurzer Zeit fragte der Älteste von neuem: »Mutter, ich habe Hunger, ist das Fleisch denn immer noch nicht gar? Sieh doch noch mal genau nach, ob du dich nicht irrst.«

»Geduldet euch noch ein wenig, es ist bald soweit, schaut, wie es im Topf brodelt.«

Die Kinder warteten noch lange, doch da die Mutter

immer sagte, daß das Fleisch noch nicht weich sei, fingen sie an zu weinen.

Plötzlich klopfte jemand an die Tür.

»Wer ist dort?«

»Ein Unglücklicher, der Gastfreundschaft erbittet.«

»Wir haben nichts, was wir Euch geben könnten, mein braver Mann.«

»Ich möchte mich nur ein wenig an Eurem Feuer wärmen.«

»Laß ihn eintreten«, sagten die Kinder, »haben wir nicht bald Fleisch?«

Anna öffnete die Tür, und der Bettler setzte sich ans Feuer. Als er sich aufgewärmt hatte, bat er: »Gebt mir ein Stück Brot.«

»Ich besitze leider nichts, nicht einmal ein Stückchen Brot.«

Der Arme schüttelte bedauernd den Kopf und sprach: »Anna, Anna, Ihr seid nicht barmherzig, habt den Schrank voll weißen Brotes und wollt mir nicht ein Stück davon geben.«

»Ich versichere Euch, daß ich nichts habe, sonst würde ich mich nicht so bitten lassen.«

»Und was ist in diesem Topf?«

»Absolut nichts zu essen. Das Wasser blubbert, aber es gart kein Fleisch darin.«

Als sie das hörten, schluchzten die Kinder noch viel stärker.

»Wir haben solchen Hunger, solch großen Hunger!«

Die unglückliche Mutter war verzweifelt, was sollte sie ihnen geben?

»Ihr seid böse, Anna, wie könnt Ihr Eure Söhne so leiden lassen?«

»Ach, ach, was soll nur aus ihnen werden? Wir werden sicher alle Hungers sterben.«

»Wenn Ihr schon weder Brot noch Fleisch habt«, fing der Bettler wieder an, »so gebt mir doch bitte etwas von dem guten Wein zu trinken, den Ihr im Keller habt.«

»Ihr irrt Euch im Haus, ich habe Euch doch schon gesagt, daß ich gar nichts besitze.«

»Wie? Ihr habt kein Schwein geschlachtet? Ihr habt keinen Schinken, keinen reifen Käse, keinen frischen Käse oder Broccio?«

»Nein, von alledem habe ich nichts.«

»Anna, Ihr wollt mich täuschen, ich bitte Euch, gebt mir und auch Euren Kindern etwas Brot und Fleisch, wir haben alle großen Hunger.«

»Also wenn Ihr mir nicht glauben wollt, schaut selbst im Topf nach.«

»Oh, wieviel Fleisch!« rief der Bettler, als er den Topfdeckel anhob, »das reicht für zwei Tage.«

Und sogleich zog er drei große Stücke heraus. Die Kinder waren sehr zufrieden.

»Ist es endlich gar?« fragten sie.

»Ja, es ist gut gekocht«, antwortete der Bettler. »Nun brauchen wir noch Brot und Wein, holt etwas, Anna!«

Die arme Frau, ganz verwirrt von dem, was ihr widerfahren war, lief zum Schrank, dann in den Keller. Sie fand eine Menge Brot und drei große Fässer ausgezeichneten Weines.

»Nach Euren Worten«, sagte der Reisende, »glaubte ich schon beinahe, daß Ihr wirklich gar nichts im Hause hättet.«

Anna traute ihren Augen kaum, alle aßen und tranken. Als fast alles verzehrt war, bat der Gast um Käse. Die glückliche Mutter fand ihren Boden voll davon, auch hing dort ein schönes Schwein, gut gepökelt und geräuchert, sowie Broccio und Würste.

»Wie viele Vorräte, o welches Glück!« rief immerzu voller Freude die arme Frau, und sie stieg, die Arme beladen mit Eßbarem, vom Boden hinab.

»Warum täuschtet Ihr mich so?« fragte der Bettler.

»Das ist ein Wunder, das der liebe Gott uns beschert hat. Wäre es anders gewesen, hätte ich mich niemals geweigert, Euch zu essen zu geben.«

»Ihr habt recht, ja, ich habe ein Wunder für Euch vollbracht. Ich wollte nicht, daß Eure armen Kinder, die Ihr so liebt und für die Ihr getan habt, was Ihr konntet, Hungers sterben. Jetzt jedoch werde ich Eure Schwester Maria, die so fühllos für Eure Tränen war, bestrafen.«

»Herr«, sagte Anna zitternd, »tut ihr nichts Schlechtes, ich bitte Euch darum, ich verzeihe ihr alles.«

»Weil Ihr ein gutes Herz habt, bleiben Euch alle Vorräte, die Ihr im Augenblick besitzt, bis zum Ende Eurer Tage erhalten. Aber den Hochmut böser Menschen muß ich strafen. Hört mir gut zu, noch heute werde ich die ganze Ernte Eurer Schwester verbrennen, ich werde ihre Viehherden töten und ihr Haus in Asche legen.«

Nach diesen Worten verließ sie der Herr, als Bettler verkleidet, und bald erfuhr man alles Unglück, welches über die böse Schwester hereingebrochen war. Anna war untröstlich, aber gegen den Willen Gottes vermochte sie nichts.

»Zu Hilfe! Zu Hilfe!« schrie es von allen Seiten. Traurig läuteten die Glocken und verkündeten das Feuer, dessen Flammen bis zum Himmel schlugen. Vergeblich waren alle Versuche der Rettung. Die Luft hallte plötzlich von einem fürchterlichen Krachen wider, das Haus von Maria brach auseinander, und so war die Rache Gottes vollzogen.

So reich Maria auch gewesen war, so arm wie die elendeste Bettlerin war sie in einem einzigen Augenblick geworden. Nichts war ihr geblieben, Rinder, Schafe, Pferde waren wie in einem Traum verschwunden. Die böse Schwester und ihre Kinder wurden in das tiefste Elend gestürzt. Niemand wollte sie aufnehmen, denn alle hatten unter der Herzlosigkeit Marias zu leiden gehabt. Sie zog durch die Straßen und bat: »Erbarmt euch, bitte!«

Aber alle kehrten ihr den Rücken, um sie für ihren einstigen Hochmut zu strafen.

So kam Maria eines Tages traurig und ganz verändert an das Haus ihrer Schwester.

»Würdest du mir ein ganz kleines Stückchen Brot geben? Meine armen Kinder sterben vor Hunger.«

»Gewiß, meine Schwester, setz dich und nimm alles, was du brauchst.«

Sogleich holte die gute Anna ein ganzes Brot und Fleisch und Wein dazu.

»Iß, so iß doch! Wo sind denn deine Kinder?«

»Ach, sie sind tot.«

»Arme Schwester, warum hast du mich belogen? Hattest du Angst, kein Brot von mir zu bekommen?«

»Ich war so schlecht zu dir, daß ich nicht hoffte, dein Mitleid zu erregen, aber ich habe geglaubt, daß du nicht den Mut haben würdest, mich zurückzuweisen, wenn ich für sie bitte.«

»Das war nicht nötig. Ach, was mußtest du erdulden! Bleib immer bei uns, und es wird dir niemals an etwas fehlen. Der Herrgott hat mich mit Reichtümern gesegnet, und es ist nur gerecht, wenn du auch daran teilhast.«

Maria weinte vor Glück, dankbar nahm sie das Angebot ihrer Schwester an, und sie liebte künftig die Kinder der guten Anna, als wären es die eigenen. Die zwei Schwestern lebten noch lange und waren glücklich bis an ihr Lebensende.

Erzählt von Maria Ortoli aus Olmiccia

Die gute Dienerin

Eine Dienerin, genannt Angela, stand im Dienst eines Königs, der sehr bösartig war und die Armen verabscheute. Angela hingegen hatte die Armen sehr gern und brachte ihnen alle Tage Brot und Fleisch, obwohl der König es verboten hatte.

Eines Morgens, als Angela Lebensmittel zu den Armen trug, begegnete ihr der König auf der Treppe.

»Woher kommst du um diese Stunde? Antworte, was hast du in deiner Schürze? Aber gib acht auf dich, kleine Lügnerin, denk an dich, bevor du antwortest.«

Die arme Dienerin zitterte am ganzen Körper und schwieg.

»Schnell, laß sehen, was du in deiner Schürze verbirgst.«

Angela schlug die Schürze auf, und siehe, sie war voller Blumen.

»Es ist gut«, sagte der König, »niemals darfst du den Armen etwas geben.«

Als er fortgegangen war, wurden die Blumen wieder zu Brot und Fleisch. Die kleine Angela verteilte es unter den Unglücklichen, die am Gitter des Palastes warteten.

Eines Tages war die gute Dienerin gerade beim Brotbacken, als sie die Dorfglocke läuten hörte. Sogleich bekreuzigte sie sich und dachte: Der Backofen ist noch nicht ganz heiß, einen Augenblick habe ich Zeit, beten zu gehen, und danach schiebe ich mein Brot in den Ofen.

Angela ging zur Kirche, kniete vor dem Bildnis der Heiligen Jungfrau und betete so inbrünstig, daß sie nicht bemerkte, wie die Nacht hereinbrach. Als sie sich, zitternd vor dem Zorn des Königs, auf den Weg machen wollte, hörte die arme Kleine eine Stimme: »Angela, du bist ein gutes, frommes Mädchen, fürchte nichts, eines Tages wirst du belohnt werden, wie du es verdienst.«

Die Dienerin ging zum Schloß zurück. Sie traf den König, der ihr zurief: »Ich beglückwünsche dich zu dem Brot, das du heute gebacken hast, mein hübsches Kind.«

Die kleine Dienerin glaubte, der König wolle sich über sie lustig machen; sie schluchzte und brach in Tränen aus.

»Was hast du denn, Angela?«

»Herr, es ist nicht meine Schuld, ich habe die Glocke gehört und bin beten gegangen.«

»Das ist gut, das ist gut. Du hast getan, was ein gutes und ehrbares Mädchen wie du tut, du dankst Gott, nachdem du dein Tagewerk gut vollbracht hast. Aber zum Teufel, man weint doch nicht so ...«

Und der König setzte seinen Spaziergang fort.

Wie Angela im Schloß anlangte, war sie sehr erstaunt, das Brot gebacken und auf Bretter aufgereiht vorzufinden. Noch nie hatte man so schönes Brot gesehen, es war gut aufgegangen und schimmerte ganz golden.

»Wer hat denn nur dieses schöne Brot gebacken?« fragte die kleine Angela.

»Geh, wie kann man nur so eingebildet sein?« antwortete die Königin, »ich weiß doch, wie gut du deinen Aufgaben nachkommst.«

Angela senkte den Kopf. Später erfuhr sie, daß ein junges Mädchen, welches haargenau wie sie aussah, den ganzen Tag gearbeitet hatte.

Inzwischen entdeckte der König auf seinem Spaziergang ein schönes Pferd.

»Oh, welch schönes Pferd!« rief er und ging näher, um es besser bewundern zu können. Das ungezähmte Tier aber begann so heftig auszuschlagen, daß es den König auf der Brust traf. Man trug ihn gleich in seinen Palast, und aus allen Städten des Königreiches kamen die gelehrtesten Ärzte herbei, doch alle ihre Mittel nützten dem armen Kranken überhaupt nichts.

Der König war dem Tode nahe.

Ach, dachte die kleine Angela, der König wird sterben.

Und sie betete lange, sehr lange für ihn.

Als sie ihr Gebet beendet hatte, erschien ihr ein Engel.

»Geh und frag, wie es dem König geht; wenn er sich morgen nicht besser fühlt, werde ich dir sagen, was zu tun ist.«

Das Mädchen lief zum Schlafzimmer des Königs, aber man wollte es nicht eintreten lassen. Mit Fußtritten jagte man sie fort: »Verschwinde, kleine Rotznase!«

Traurig ging die gute Freundin der Armen weg, aber kurz darauf versuchte sie es noch einmal.

»Herr Wächter, ich bitte Euch, laßt mich den König sehen.«

»Geh weg, laß dich hier nicht noch einmal sehen, sonst ...!«

»Sagt mir wenigstens, wie es ihm geht.«

»Was geht das dich an?«

Der Unfreundliche schnappte sie am Arm und warf sie hinaus.

Am folgenden Tag erschien der Engel wieder und sprach zu ihr: »Nimm diese Kräuter, brühe einen Tee auf und gib ihn dem König zu trinken.«

Angela bereitete den Tee. Doch bevor sie den Weg zum Herrscher antrat, kniete sie zum Gebet nieder.

Als sie dann die Treppe hinaufstieg und die Säle durchquerte, hörte das gute Mädchen sagen: »Es gibt keine Hoffnung mehr, er wird den Tag nicht überleben.«

Und wie am Tag zuvor ließ man sie nicht an das Krankenlager.

Wieder stieß sie der böse Wächter grob zurück.

Angela kehrte verzweifelt um, da begegnete ihr eine Hofdame.

»Madame, ich bin sehr in Eile, würden Sie diesen Trank dem König bringen?«

»Ja, mein gutes Kind«, entgegnete die Hofdame und brachte den Tee zum König. Kaum hatte dieser seine Lippen damit benetzt, als er aus einem langen Schlummer zu erwachen schien.

»Oh, wie fühle ich mich wohl«, sagte er.

Sofort verbreitete sich die Nachricht, daß es dem König besser ginge.

Der Kranke jedoch fragte: »Welcher Arzt hat mich geheilt? Wem habe ich mein Leben zu verdanken?«

Niemand wußte es und konnte ihm Auskunft geben.

»Noch einmal frage ich, wer ist der Arzt, der mich gerettet hat?« wiederholte der König.

Da näherte sich die Hofdame und berichtete: »Angela, die kleine Dienerin, hat mich gebeten, Euch den Trank zu reichen, der so wohltuend war.«

Man rief das Mädchen, und es kam ganz verweint herbei. »Geht es dem Herrn König besser? Ist er geheilt?« fragte sie gleich.

»Ja, mein Kind, es geht mir viel besser«, antwortete der König.

Dann wollte er wissen: »Sag mir, wer dir befohlen hat, dieses Getränk zu kochen, dem ich mein Leben verdanke.«

»Ein Engel.«

»Ein Engel?«

»Ja.«

»Dann habe ich ja einen Engel als Arzt. Tu auch weiterhin alles, was er dir aufträgt.«

»Ihr werdet bald vollständig geheilt sein.«

»Ich hoffe es. Warte, ich will dich belohnen und ernenne dich zu meinem obersten Leibarzt, über alle Leute meines Haushaltes sollst du Befehlsgewalt erhalten.«

Angela war sehr glücklich.

Bald war der König wieder ganz gesund. Um seine Genesung zu feiern, ließ er allen Armen des Königreiches sieben Tage zu essen und zu trinken geben.

Auch nach dieser Zeit vergaß die Freundin der Armen nie diejenigen, die an die Türen des Palastes kamen. Weil sie im ganzen Königsschloß befehlen durfte, konnte sie unendlich viel Gutes tun.

Als die gute, kleine Magd starb, herrschte große Trauer im ganzen Reich.

Zwölf Tage lang läuteten die Glocken, läuteten unaufhörlich, überall hörte man auf zu tanzen und zu spielen. Wem wäre es auch in den Sinn gekommen, bei einem solchen Unglück lustig zu sein.

Erzählt von Maria Ortoli aus Olmiccia

Die drei Orangen

Die Königin eines großen Landes war gestorben und ließ eine Tochter zurück, die schöner war als der Tag. Ihr Name war Maria. Ein ganzes Jahr trauerte der König um seine Frau, die er sehr lieb gehabt hatte, aber schließlich nahm er sich eine andere Gemahlin, und bald erhielt er eine zweite Tochter.

Als diese herangewachsen war, fand man sie häßlich, so häßlich, daß die neue Königin, eifersüchtig auf Maria, eines Tages zum König sprach: »Maria, Eure Tochter, hat Euch entehrt. Man hat sie mit einem Offizier des Hofes gesehen, die Scham hindert mich, Euch alles, was man von diesem Abenteuer erzählt, zu berichten.«

Bei diesen Worten wurde der König sehr zornig: »Jagt sie gleich aus dem Palast; finde ich sie am Abend noch hier, lasse ich sie in das schrecklichste meiner Gefängnisse werfen, wo sie umkommen wird.«

Darüber war die Königin sehr erfreut und ließ diese Befehle rasch ausführen. Trotz ihrer Unschuld und ihrer Klagen wurde Maria gezwungen, das Schloß zu verlassen.

Lange war sie unterwegs, mehr als zehn Tage und zehn Nächte. Da kam sie an einen Garten, in dem vielerlei Früchte wuchsen. Am Eingang des Gartens sah Maria einen Baum, der nur drei Orangen trug. Sie pflückte diese, weil sie Hunger hatte. Doch kaum war die erste Frucht geöffnet, als ihr ein niedliches, kleines Mädchen entstieg, das plötzlich größer wurde und zu trinken verlangte. Da eine Quelle in der Nähe war, gab ihr Maria daraus Wasser. Aber die Kleine war so durstig, daß die Quelle schnell trocken wurde.

»Hast du kein anderes Wasser mehr, das du mir geben kannst?«

»Nein«, entgegnete Maria.

»Dann leb wohl, aber bevor ich dich verlasse, möchte ich dir einen Rat geben: Öffne die zwei Orangen, die dir bleiben, nur, wenn du genügend Wasser hast, um den Durst derjenigen zu stillen, die sich darin befinden.«

Nach diesen Worten verschwand das Mädchen.

Maria setzte ihren Weg fort und erreichte einen See.

»Hier kann ich eine Orange öffnen«, dachte sie bei sich.

Und ein anderes Mädchen, noch schöner als das vorige, sprang sogleich heraus.

»Ich habe Durst! Gib mir zu trinken!«

»Trink den See, wenn du kannst.«

Das Mädchen begann zu trinken, und nach wenigen Augenblicken war der See trocken.

»Zu trinken! Zu trinken!« rief es von neuem. »Hast du kein anderes Wasser mehr, das du mir geben kannst?«

»Nein.«

»Dann leb wohl.«

Maria, die gern eine so schöne Gefährtin behalten wollte, wurde sehr traurig.

Ich werde niemals genug Wasser für die dritte haben, dachte sie, wo kann ich mehr finden als in einem See?

Einige Zeit später kam sie an das Ufer eines großen Flusses, der so breit war, so breit, daß er schon fast ein Meer war.

»So, jetzt kann ich die dritte Orange öffnen.«

Oh, welch schöne Frau kam daraus hervor. Sie trug ein Gewand, blau wie der Himmel, und war von Kopf bis Fuß von Diamanten bedeckt.

»Zu trinken! Zu trinken! Ich sterbe vor Durst.«

»Hier ist ein Fluß, da kannst du deinen Durst löschen.«

Die schöne Frau begann zu trinken, zu trinken, aber sie konnte den Fluß nicht austrinken.

»Du hast mich besiegt, Maria, was möchtest du dafür? Ich bin eine Fee und kann alle deine Wünsche erfüllen.«

»Ich wünsche mir nur eines, daß Ihr immer bei mir bleibt.«

»Dein Wunsch sei erfüllt, mein gutes Kind.«

Maria und ihre Gefährtin erreichten ein Schloß.

»Hier ist unsere Bleibe«, sagte die Fee, »du brauchst nur zu befehlen, und gleich wird dir gehorcht.«

Von nun an ging es Maria gut. Die gute Fee blieb immer bei ihr und erfüllte selbst alle ihre Wünsche. Es gab keinen noch so seltenen Gegenstand, den sie nicht sogleich ihrem Schützling verschaffte.

Eines Tages stand Maria am Fenster, und weil das Wetter schön war, begann sie zu singen. Der Königssohn, der gerade jagte, hörte sie. Er näherte sich und fand sie so schön, daß er in heftiger Liebe entbrannte.

Auf der Stelle klopfte er ans Tor des Schlosses und begehrte das Mädchen zur Frau.

»Ich bin einverstanden«, sagte die Fee, und alle drei begaben sich zum Hof.

»Mein Vater, meine gute Mutter, hier ist die Gattin, die ich mir erwählt habe.«

»Wie? Hast du nicht versprochen, die Prinzessin Carniolina zu heiraten?«

Diese Prinzessin Carniolina aber war gerade die Tochter der bösen Königin, die Maria verleumdet hatte, um sich ihrer zu entledigen.

»Ihr wißt«, sprach der Prinz, »daß Carniolina häßlich und böse ist, zwingt mich also nicht, Euch zu gehorchen.«

Da sie sahen, daß sie diese Hochzeit nicht verhindern

konnten, gaben der König und die Königin ihre Einwilligung.

Die ganze Stadt war zum Hochzeitsfest eingeladen, das eine ganze Woche dauerte. Die ganze Zeit läuteten die Glocken des Königreiches aus voller Kraft.

Als die Prinzessin Carniolina und ihre Mutter erfuhren, daß der Königssohn Maria geheiratet hatte, packte sie eine große Wut, aber da daran nichts zu ändern war, fielen sie in tiefe Verzweiflung. Carniolina klagte unaufhörlich: »Ach, ach, Unglückliche, die ich bin.«

Einen Monat darauf starb die Prinzessin aus Eifersucht, und ihre Mutter folgte ihr bald nach.

Was Maria und den Königssohn anbelangt, so lebten sie lange Zeit glücklich. Die gute Fee verließ sie niemals, und bei der Geburt ihrer Kinder überschüttete sie die kleinen Prinzen mit vielen Gaben.

Erzählt von Rosalinda Mattei aus Zoza-di-Tallano

Die drei Äpfel der Mariucella

Nachdem er sich überall umgetan hatte, heiratete ein Mann eine Frau, die so hübsch war, wie man dergleichen noch nie gesehen hatte.

Neun Monate darauf schenkte sie ihm ein Töchterchen, Mariucella genannt, die in allem das Ebenbild ihrer Mutter war.

Als das Kind nicht mehr gestillt werden mußte, verschwand seine Mutter, und niemals erfuhr man, was aus ihr geworden war.

Ihr Mann suchte sie überall, aber vergeblich.

Da er nicht immer Witwer bleiben wollte, verheiratete er sich wieder mit einer Frau, die häßlich wie die Todsünde, aber sehr reich war. Bald hatte er von ihr noch ein Töchterchen, das von den Bauern Dinticona genannt wurde.

Als sie herangewachsen war, erhielt sie von ihrer Mutter vielerlei hübsche Dinge: reiche Gewänder, die in allen Himmelsfarben schillerten, und zauberhafte, aus zwei schönen Diamanten gestaltete Ohrringe. Aber das alles hob nur noch mehr die außergewöhnliche Häßlichkeit Dinticonas hervor.

Mariucella dagegen war, obwohl schlecht gekleidet, noch immer das hübscheste Mädchen im Königreich. Weil die Stiefmutter eifersüchtig auf sie war, schickte sie Mariucella Kühe hüten und gab ihr Haar von der Ziege zu spinnen.

Eines Tages sprach die böse Frau zu Mariucella: »Schau, hier ist Fell, das du bis heute abend zu spinnen hast! Schaffst du es nicht, bekommst du Schläge und mußt ohne Essen zu Bett.«

Mariucella ging fort, und als sie sah, daß es ihr niemals gelingen würde, diese Aufgabe zu erfüllen, begann sie zu weinen. Schließlich machte sie sich ans Werk, aber bis zum Mittag hatte sie noch nicht den hundertsten Teil geschafft. Mariucella war ganz verzweifelt und weinte so herzzerreißend, daß eine Kuh, die dort weidete, herankam und kauend zu ihr sprach: »Beruhige dich, Mariucella, weine nicht mehr, ich bin deine Mutter, und weil ich eine Fee bin, werde ich all dein Fell spinnen. Aber wie bist du schmutzig, mein gutes Kind, komm, ich wasche dich an der Quelle.« Und die Kuh nahm Mariucella bei der Hand, kämmte ihr sehr sorgfältig die schönen goldenen Haare, wusch ihr Hände und Gesicht, und dann, nachdem sie das schlechte Zeug gesponnen hatte, umarmte sie ihr Kind und sprach zu ihm: »Erzähle niemandem, was ich getan habe, sonst wirst du geschlagen, und mich wird man töten.«

»Liebe, gute Mutter, ich werde nichts verraten.«

Als Mariucella nach Hause kam, war ihre Stiefmutter überrascht zu sehen, daß alles Ziegenhaar gesponnen war. Da das Mädchen noch schöner als zuvor war, erhielt es am nächsten Tag doppelt soviel zu tun, damit ihr keine Zeit bliebe, sich an der Quelle zu waschen.

Aber am Abend war alles erledigt, die Kuh hatte wieder das Haar gesponnen, das man der armen Kleinen gegeben hatte.

Die Stiefmutter war darüber sehr erstaunt.

Da muß doch irgend etwas dahinterstecken, dachte sie bei sich.

Und so folgte sie Mariucella eines Morgens, um zu sehen, wie diese es anstellte, so viel Garn zu spinnen.

Wie gewöhnlich machte die Kuh die Arbeit. Die böse Frau sah es und kehrte heim, zufrieden, das Geheimnis der armen Kleinen entdeckt zu haben. Aber auch die Kuh hatte die Stiefmutter bemerkt. Die unglückliche Fee begann zu weinen und sprach zu ihrer Tochter:

»Mein Kind, morgen wirst du deine Mutter nicht mehr haben, aber höre genau, was ich dir rate: Wenn du meine Eingeweide wäschst, wirst du darin drei Äpfel finden. Den ersten ißt du, den zweiten wirfst du aufs Hausdach, und den dritten pflanzt du in den Garten. Wird Dinticona neidisch, wenn sie dich einen Apfel essen sieht, und fragt dich, was du machst, antworte, daß du Kuhmist ißt.«

Mariucella war über die Worte der Mutter tief betrübt, doch mußte sie nach Hause zurückkehren, und als sie dort anlangte, fragte ihre Stiefmutter sie: »Hast du deine Arbeit getan?«

»Ja.«

»Das alles hast du aber nicht selbst gesponnen, gib es

zu! Ich habe wohl die gesehen, böse Faulenzerin, die für dich gearbeitet hat, aber ich werde sie töten.«

Und so geschah es. Am nächsten Tag wurde die Kuh geschlachtet, und Mariucella mußte die Eingeweide waschen. Unterwegs sang das arme Kind ein Lied. Sie sang so traurig, daß der Königssohn, der gerade vorüberkam und sah, wie schön sie war, und hörte, wie süß sie sang, sich in sie verliebte.

»Möchtest du mit mir kommen?« fragte der Prinz.

»Fragt meinen Vater, wenn Ihr mich mögt.«

»In ein paar Tagen werde ich Boten schicken, die dich holen sollen, bis dahin leb wohl«, sagte der Prinz und wandte sich zur Stadt zurück.

Mariucella erreichte die Quelle, an der sie die Eingeweide wusch.

Wie ihre Mutter es vorhergesagt hatte, fand sie drei Äpfel. Sie nahm einen davon und aß ihn.

Dinticona, die ihr gefolgt war, lief sogleich herbei und fragte sie: »Was ißt du da?«

»Kuhmist, willst du davon?«

»Ja.«

Mariucella nahm Kuhmist und stopfte ihn ihr in den Mund. Dinticona lief weinend weg.

Die Stiefmutter war sehr aufgebracht darüber, was man ihrer Tochter angetan hatte, und verprügelte Mariucella nach ihrer Heimkehr heftig. Dennoch befolgte das Mädchen, was ihre Mutter ihr aufgetragen hatte. Sie warf einen Apfel auf das Dach. Ein stolzer Hahn mit großen Flügeln flog aus ihm hervor, aus dem anderen Apfel wuchs auf der Stelle ein wundersamer Apfelbaum, an dem auch gleich wohlschmeckende Früchte wuchsen. Aber, seltsamerweise, wenn jemand anders als Mariucella sich ihm näherte, verwandelte sich der Baum sofort in einen Brombeerstrauch.

Einige Zeit verstrich, da hörte man auf der Straße Pferdegetrappel und das Rollen von Kutschen. Das waren die Boten des Prinzen, die Mariucella holen wollten.

Als die böse Stiefmutter das erfuhr, versteckte sie das Mädchen in einer Tonne und legte Dinticona reiche Gewänder an.

Man klopfte an.

»Was begehrt Ihr?« rief die Stiefmutter.

»Wir wollen Mariucella, Eure Tochter, holen, der Königssohn möchte sie zu seiner Frau machen.«

»Es ist gut. Wartet, bis sie fertig angekleidet ist.«

Dinticona war bald soweit, und die Boten hießen das Mädchen zu Pferd steigen, obwohl sie über den schlechten Geschmack ihres Herrn erstaunt waren und sich deswegen zulächelten.

Aber da hörte man vom Dach: »Kikeriki, kikeriki! Mariucella ist in der Tonne und Dinticona auf dem schönen Pferd!«

»Wirst du wohl schweigen, böser Hahn!«

»Kikeriki, kikeriki! Mariucella ist in der Tonne und Dinticona auf dem schönen Pferd!«

»Was ruft der Hahn da?« wunderten sich die Abgesandten.

»Beachtet ihn nicht, er ist toll«, entgegnete die Mutter Dinticonas.

»Kikeriki, kikeriki! Mariucella ist in der Tonne und Dinticona auf dem schönen Pferd!«

Der Hahn scheint die Wahrheit zu sagen, dachten die Boten. Sogleich liefen sie in den Keller, wo sie alle Tonnen einschlugen. In einer von ihnen fanden sie, schöner als je zuvor, Mariucella.

Sie trug ein Kleid aus blauer, mit Goldfäden durchwirkter Seide, das unbeschreiblich schön war. Als die

Boten des Königssohnes sie so sahen, staunten sie über alle Maßen.

»Das ist sicher die Verlobte unseres Herrn«, sagten sie sich, und wütend, getäuscht worden zu sein, warfen sie Dinticona auf einen Stapel Holz, der in der Nähe stand.

Mariucella gelangte an den Hof, wo sie alle Hofdamen in den Schatten stellte. Aber weil sie so gut war, war keine von ihnen deswegen eifersüchtig.

Der Prinz heiratete sie am folgenden Tag, und die ganze Stadt war zur Feier geladen, die, wie jeder weiß, länger als dreißig Tage dauerte.

Erzählt von Maria Ortoli aus Olmiccia

Ditu Migniulellu

Eine Frau war seit langem verheiratet, konnte aber, obwohl sie es sich sehr wünschte, keine Kinder haben.

Einmal sprach sie so vor sich hin: »Ach, wie wäre ich glücklich, wenn ich eine kleine Tochter hätte, auch wenn sie nur so groß wie mein kleiner Finger wäre.«

»In neun Monaten wird dein Wunsch erfüllt sein«, antwortete eine Stimme, die vom Dach zu kommen schien.

»Wer hat da mit mir gesprochen?« fragte die Frau erstaunt. »Wenn es ein Geist gewesen ist, der mir so gute Nachricht bringt, so soll er gesegnet sein.«

Aber sie sah und hörte nichts mehr.

Neun Monate später bekam die Frau ein Töchterchen, so klein und zierlich, wie man es noch nie gesehen hatte. Deswegen nannte man sie Ditu Migniulellu.

Kaum hatte die Hebamme das Haus verlassen, als plötzlich vier schöne und mächtige Feen im Zimmer der Wöchnerin erschienen.

Die erste trat vor: »Ich wünsche, daß Ditu Migniulellu so über alle Maßen schön wird, daß man nichts dergleichen auf der ganzen Welt finden kann.«

»Ich schenke ihr eine so süße und angenehme Stimme, daß jeder, der sie singen hört, in Verzückung gerät.«

»Bevor sie singen kann, muß man sie sprechen lassen«, sagte eine andere Fee, »sie soll gleich sprechen können.«

»Danke, liebe Fee, danke«, sagte Ditu Migniulellu gleich.

»Und du, schöne Fee, was gibst du ihr?« fragte die Mutter der Kleinen.

»Im Augenblick nichts, aber ich werde Ditu Migniulellu immer, wenn sie mich ruft oder braucht, zu Hilfe kommen.«

Nach diesen Worten verschwanden die Feen, und die Mutter blieb mit ihrer Tochter, die allerliebst plapperte, allein.

»Guten Tag, liebe gute Mutter, wie blaß bist du! Gibst du mir diese große Haube mit rosa Bändern?«

»Gewiß, mein Kind, hier ist sie.«

Die Mutter wollte ihr die Haube aufsetzen, aber Ditu Migniulellu verschwand vollständig darunter.

Da fiel der armen Frau ein, daß sie die Feen nicht darum gebeten hatte, ihre Tochter etwas größer zu machen.

Doch sie dachte bei sich: Sie ist ja kaum einen Tag alt, sicher wird sie in ein oder zwei Jahren genauso groß sein wie ihre Altersgenossen.

Ditu Migniulellu jedoch blieb so klein. Als sie sechzehn Jahre alt war, war sie nicht viel größer geworden. Ihre Mutter, die sie so sehr geliebt hatte, verabscheute sie nun deswegen. Sie konnte sie nicht mehr sehen.

Eines Tages sprach sie zu sich: »Was kann man mit so einer kleinen Tochter anfangen? Sie kann nicht arbeiten und würde selbst in einem Wasserglas ertrinken.«

Als die Mutter von Ditu Migniulellu, die gerade im Garten arbeitete, einen Kochtopf erblickte, steckte sie ihre Tochter hinein.

»Oh, böse Mutter, laß mich raus, es ist so unbequem in diesem Topf!«

Aber die Mutter war schon weit weg.

Das kleine Ding mußte so ihr Unglück mit Geduld tragen, und um sich die Zeit zu vertreiben, fing sie an zu singen.

Gerade in diesem Augenblick kam der Königssohn vorbei: »Wer ist das, der so herrlich singen kann? Wenn es eine Frau ist, werde ich sie heiraten, das schwöre ich.« Er wandte sich in die Richtung, aus der die Stimme kam.

»Ich bin ein Mädchen,
das singt, das singt.
Ich bin ein Mädchen,
das immer singt.«

»Oh, welche Melodie! Wenn sie immer so schön singt, muß man allein vom Zuhören glücklich sein.«

»Meine böse Mutter
hat mich hier eingesperrt.
Meine böse Mutter
hat mich hier eingesperrt.«

»Woher kann diese Stimme kommen? Oh, wenn ich sie nicht finde, werde ich sterben.«

»Es ist nicht weit,
das schöne Mädchen,
es ist nicht weit,
das schöne Mädchen.«

»Wo sie nur sein kann? Nichts könnte mich davon abbringen, sie zu sehen.«

»Es ist zu deinen Füßen,
das reizende Mädchen,
es ist zu deinen Füßen,
das reizende Mädchen.«

»Wo? Bei meinen Füßen? Hier ist nichts als dieser dumme Topf.« Ärgerlich versetzte der Prinz dem Topf einen heftigen Fußtritt, daß er zerbrach.

Sogleich sprang Ditu Migniulellu hervor.

»Nun also, guten Tag, mein Herr, wie geht es Euch?«

»Bestens, aber wer war das, der eben so hübsch gesungen hat?«

»Ich, Ditu Migniulellu. Nicht wahr, meine Stimme ist sehr klar und rein? Man findet im ganzen Königreich nichts dergleichen.«

»Du hättest so vollendet gesungen? Sei ehrlich, du willst mich täuschen!«

»Nein, nein, ich täusche Euch nicht, es war so langweilig, da begann ich eben zu singen. Wollt ihr mir noch einen Augenblick zuhören? Ihr werdet sehr schnell merken, daß ...«

»Ach, schweig schon still, du Plappermaul! Ich wundere mich nicht mehr, daß du dich in einem Topf langweilst, wo du niemanden zum Schwatzen hast. Aber sing ein wenig, damit ich sehe, ob du die Wahrheit sprichst.«

»Ja, das bin ich,
das schöne Mädchen,
ja, das bin ich
das schöne Mädchen.
Das sang
in dem Topf,
das sang
in dem Topf.«

»Du hast recht, niemals habe ich eine ähnliche Stimme gehört, die so ...«

»Nicht wahr, ich habe Euch nicht belogen?«

»Bist du fertig, kleine Schwätzerin? Wie heißt du eigentlich?«

»Man nennt mich Ditu Migniulellu, ich habe es Euch bereits gesagt.«

»Gut, Ditu Migniulellu, ich bin der Sohn des Konigs, und ich habe mein Wort gegeben, daß ich dich heiraten werde.«

»Dann werde ich Königin?«

»Natürlich.«

»Wenn das so ist, so danke ich Euch herzlich für die Ehre, die Ihr mir erweist, seid sicher, mein Prinz, daß ich immer ...«

»Halt, genug! Du schwatzt bestimmt sehr gern.«

Der Königssohn steckte Ditu Migniulellu in seine Tasche und wandte sich heimwärts.

Aber unterwegs schrie das kleine Mädchen: »Laßt mich heraus! Ich ersticke in Eurer Tasche! Lieber Mann, holt mich hier raus.«

Der junge Prinz nahm Ditu Migniulellu und setzte sie auf seine Hand.

Als er bei seiner Mutter anlangte, sprach er zu ihr: »Gute Mutter, hier ist die Frau, die ich als Gattin gewählt habe, ich möchte so schnell wie möglich meine Hochzeit mit ihr feiern.«

»Was? Eine Puppe soll Königin werden? Und was wollt Ihr denn mit ihr anfangen, mein Sohn?«

»Um Euch die Wahrheit zu sagen, ich liebe sie nicht sehr, aber ich habe ihr versprochen, sie zu heiraten.«

»Also gut, bewahrt sie bei Euch auf, sie wird nicht allzuviel Platz wegnehmen.«

Der Prinz tat, wie ihm geheißen, aber Ditu Migniulellu langweilte ihn sehr.

Eines Tages, als er noch trauriger war als gewöhnlich, sprach er zu sich: »Was habe ich schon davon, ein Prinz zu sein, wenn ich mich wie jedermann langweilen muß. Ich will einen Ball geben, der drei Tage dauert, und die allerschönsten Frauen des Königreiches einladen.«

Boten brachen daraufhin in alle Himmelsrichtungen auf und kündigten mit Trompeten und Trommeln das Fest des Königssohnes an.

Am festgelegten Tag strömten die liebenswürdigsten Männer und die bezauberndsten Frauen von allen Seiten herbei. Man stieß und drängte sich, so groß war die Menge.

Nun wartete man nur noch auf den jungen Prinzen, der am anderen Ende der Stadt wohnte.

Dieser kleidete sich prächtig und ließ sein schönstes Pferd holen.

Als er gerade losreiten wollte, kam Ditu Migniulellu gelaufen.

»Nehmt mich mit, ich möchte auch zu diesem Ball gehen, nehmt mich mit, ich bitte Euch darum.«

»Laß mich doch in Ruhe, was soll ich denn dort mit dir anfangen?«

»Ich werde ganz lieb sein, mein teurer Mann, Ihr werdet sehen, daß ich Euch nicht stören werde.«

»Geh ins Haus zurück, ich bin in Eile.«

»Nein, ich will mit Euch gehen.«

»Ach, so gehorchst du mir also?«

Der Königssohn drohte mit dem Zügel, den er in der Hand hielt.

Die Augen voller Tränen, ging Ditu Migniulellu in ihr Gemach. Da erschien die Fee, die ihr zu ihrer Geburt nichts gegeben hatte.

»Was hast du denn, mein schönes Kind? Weinst du so, weil du nicht zum Ball gehen darfst?«

»Ja, schöne Frau.«

»Beruhige dich, ich bin die Fee, die seit deiner Geburt über dein Glück wacht.«

Und mit einem Schlag ihres Zauberstabs verwandelte die gute Fee Ditu Migniulellu in das schönste Mädchen, das man sich vorstellen konnte. Sie war groß und schlank und in Gold und Seide gekleidet.

»Jetzt werde ich dich zum Ball führen.«

Und Ditu Migniulellu saß in einem Wagen, der von bunten Schmetterlingen gezogen wurde.

Als sie angelangt waren, sprach die Fee zu ihr: »Wenn du meiner wieder bedarfst, brauchst du nur dreimal in die Hände zu klatschen, und ich erscheine sofort. Willst du dich so klein machen wie zuvor, so sprich nur: ›Daß ich wieder Ditu Migniulellu werde.‹«

Das Mädchen dankte der Fee sehr herzlich. Dann ging es zum Ball, wo alle bei ihrem Anblick in Erstaunen und Entzücken gerieten.

Oh, dachte der Prinz, noch nie hat es ein so schönes Geschöpf gegeben.

Er wandte sich zu Ditu Migniulellu und sprach: »Ihr seid bezaubernd, kommt Ihr aus meinem Königreich? Ich habe Euch niemals am Hofe gesehen.«

»Ich komme nicht aus Euren Ländern, mein Herr. Es

braucht Euch also keinesfalls zu wundern, daß Ihr mich noch nie gesehen habt.«

»Aus welchem Land seid Ihr denn?«

»Ich stamme aus dem Königreich ›Zügel‹.«

»Danke, schönes Mädchen, die Geigen fangen zu spielen an, wollt Ihr mir die Ehre erweisen, mit mir zu tanzen?«

»Mit Vergnügen«, antwortete das Mädchen.

Gerade als sie mitten im Tanz waren, dachte sie: Daß ich wieder Ditu Migniulellu werde.

Sie schlängelte sich durch die Tanzenden hindurch und verschwand. Der Prinz war darüber sehr verwundert, überall suchte er die schöne Fremde, doch ohne Erfolg. Auch hatte sie niemand hinausgehen sehen.

Ditu Migniulellu lief schnell in ihr Zimmer, zog ihre schönen Kleider aus und wartete auf den Prinzen, der auch bald darauf heimkam.

»Nun, mein Freund, wie habt Ihr den Abend verbracht? Habt Ihr Euch gut amüsiert?«

»Geh, laß mich in Ruhe.«

»Wie, Ihr seid wütend? Ist Euch etwas Unangenehmes widerfahren?«

»Wirst du bald schweigen?«

»Es bekümmert mich, daß Ihr so abweisend seid. Erzählt Ihr mir nichts?«

»Und was sollte ich dir denn erzählen, böse Schwätzerin?«

»Ich sehe, Ihr seid sehr traurig. Da Ihr es wollt, werde ich ruhig sein, aber all mein Blut gäbe ich gern hin, damit ein wenig Frohsinn in Eure Augen zurückkehrt. Ach, wie müde Ihr ausseht. Sicherlich habt Ihr zuviel getanzt. Schont Euch morgen ein wenig, ich bitte Euch, Ihr könntet sonst ernstlich krank werden, und ich würde darüber ...« »Wenn du noch ein einziges Wort sagst, bringe ich dich auf der Stelle um«, versetzte der Prinz grimmig. »Geh lieber alle Bücher holen, die nebenan sind, damit ich nachsehen kann, wo sich das Königreich ›Zügel‹ befindet.«

Ditu Migniulellu weckte die Mutter des Prinzen, die kurz darauf, vollbeladen mit Büchern, hereinkam.

»Meine Mutter, kennt Ihr das Land ›Zügel‹?«

»Das Land ›Zügel‹? Nein, davon habe ich niemals gehört.«

Der Verliebte begann, alle Bände von Anfang bis Ende durchzublättern, doch nirgends fand er, was er suchte.

Die Höflinge und Gelehrten wurden befragt, niemand kannte das Reich ›Zügel‹.

Am nächsten Tag ging der Prinz wieder zum Ball und hoffte, die schöne Unbekannte nochmals zu treffen.

Bevor er aufs Pferd stieg, kam Ditu Migniulellu gelaufen und bat ihn: »Bitte, laßt mich den Ball sehen.«

»Nein, ich will es nicht, es würde mir gerade noch fehlen, dich bei mir zu haben.«

Ditu Migniulellu stieg auf den Steigbügel, doch der Königssohn stieß sie so heftig mit seinen Sporen, daß sie auf die Erde fiel.

Weinend erhob sie sich und ging in ihr Zimmer.

Doch bald trocknete sie sich die Tränen und klatschte dreimal in die Hände. Die gute Fee erschien.

»Was willst du?«

»Ich möchte zum Ball gehen, macht mich noch einmal so groß und schön wie gestern.«

Die Fee berührte sie mit dem Zauberstab, und das Mädchen stand da, in rosa Gewänder gekleidet.

Kurz darauf betrat sie den Ballsaal. Der junge Prinz erwartete sie schon ungeduldig. Kaum hatte er sie erkannt, da lief er auch schon zu ihr: »Ach, schönes Mädchen, letzte Nacht habt Ihr mich getäuscht, ich bitte Euch, sagt mir, aus welchem Land Ihr seid.«

»Ich bin aus dem Königreich ›Sporen‹.«

»Ich danke Euch, denn ich möchte gern um Eure Hand anhalten. Bitte, nehmt so lange diesen Ring als Erinnerung an mich.«

»Ihr wollt mich heiraten? Ich glaubte Euch bereits vermählt, Prinz?«

»Es stimmt, daß ich Ditu Migniulellu versprochen habe, ihr Mann zu werden, aber meine Hochzeit mit ihr hat noch nicht stattgefunden.«

»Ihr wollt sie also verlassen?«

»Nein, denn sie singt so schön, daß man noch nie Ähnliches vernahm. Ihr werdet meine Lieblingsfrau, die ich von ganzem Herzen lieben werde, Ditu Migniulellu wird uns ab und zu die Zeit vertreiben.«

»Lebt wohl, Prinz, ich muß mich beeilen!«

»Ich bitte Euch, verlaßt mich nicht so früh, niemand erwartet Euch, bleibt doch noch etwas.«

»Nein, ich muß gehen.«

»Dann werde ich Euch überallhin folgen, niemals werde ich Euch verlassen.«

Daß ich wieder Ditu Migniulellu werde, dachte das Mädchen und verschwand im Augenblick. Der Königssohn blickte ringsumher, zu sehen, wo sie geblieben sei, aber er konnte sie nicht mehr entdecken. Er begann zu verzweifeln und kam zornig heim. Ditu Migniulellu, die ihn schon erwartete, lief ihm entgegen.

»Seid Ihr heute abend glücklicher gewesen? Ihr scheint sehr aufgebracht, ich fürchte wohl, daß Euch etwas Unangenehmes widerfahren ist.«

»Schweig! Hol mir alle Bücher und alle Gelehrten, die im Palast sind.«

Die Gelehrten liefen herbei, und der Königssohn

fragte sie: »Ist einer unter Euch, der jemals vom Königreich ›Sporen‹ gehört hat?«

Niemand antwortete, denn keiner wußte von diesem Land.

Der Prinz ließ Bücher an sie verteilen, damit jeder besser nachforschen konnte.

Die ganze Nacht hindurch mühte man sich; doch ergebnislos, das Königreich ›Sporen‹ blieb unbekannt.

Der Verliebte dachte: Heute abend wird das schöne Mädchen noch einmal zum Ball kommen. Sie darf mir nicht wieder entwischen.

Und als die Nacht hereinbrach, schickte er eine stattliche Anzahl Soldaten, um die Türen des Schlosses, in dem das Fest stattfand, gut zu bewachen.

Danach kleidete er sich sorgfältiger als gewöhnlich und stieg aufs Pferd, um loszureiten.

Da kam Ditu Migniulellu zu ihm: »Schon zweimal habt Ihr mich nicht mitnehmen wollen, heute geht der Ball zu Ende, laßt mich mitgehen.«

»Du regst mich auf mit deinem Ball, verlaß mich auf der Stelle!«

Doch da das Mädchen dringlicher bat, schlug er sie mit seiner Reitpeitsche und galoppierte davon.

Ditu Migniulellu stieg in ihr Zimmer und klatschte in die Hände. Zum dritten Mal erschien die gute Fee.

»Du möchtest noch zum Ball gehen?«

»Ja, gute Fee.«

Das Mädchen sah sich sogleich in ein hübsches Fräulein verwandelt, ganz in Blau gekleidet. Sie trug eine Kette aus Diamanten und einen goldenen Gürtel.

»Niemals hat man je etwas so Zauberhaftes gesehen wie dich«, fügte die Fee hinzu, »geh schnell zum Ball, alle warten schon.«

Ditu Migniulellu beeilte sich, und bald erschien sie,

umgeben von allgemeiner Bewunderung, auf dem Ball. Der Prinz kam ihr schon entgegen.

»Endlich seid Ihr da, wie spät Ihr heute abend kommt. Aber sagt mir, warum habt Ihr mich getäuscht? Warum seid Ihr plötzlich entflohen? Warum habt Ihr mir nicht Euer wahres Land verraten?«

»Ich bin aus dem Königreich ›Reitpeitsche‹.«

»Kann ich das glauben? Schon zweimal habt ihr mich belogen. Oh, wie schön, Ihr tragt den Ring, den ich Euch gestern gegeben habe, viel tausend Dank.«

Eine Stunde lang hatten der Prinz und Ditu Migniulellu schon miteinander geplaudert, als diese sich plötzlich ganz klein machte und verschwand. Man suchte sie überall, man befragte die Soldaten, die die Türen bewachten, keiner hatte sie bemerkt.

Der Königssohn versprach demjenigen eine große Belohnung, der ihm Auskunft darüber geben könnte, wo sich das Königreich ›Reitpeitsche‹ befand. Man begann zu suchen, herumzufragen und in Büchern nachzuschlagen, aber nie hatte jemand diesen Namen auch nur gehört. Der Prinz war unglücklicher als je zuvor, ein so schönes Madchen verloren zu haben, und als er nach Hause kam, befiel ihn eine schwere Krankheit. Seine Mutter besuchte ihn und war über seinen traurigen Zustand sehr betrübt. Weder Essen noch Trinken wollte er zu sich nehmen, bevor er die Heißgeliebte wiedergefunden hatte.

Ditu Migniulellu kam zu ihm und sprach: »Laßt mich einen Kuchen backen, und wenn Ihr mir versprecht, ihn zu essen, werde ich Euch die Frau wiederfinden lassen, die Ihr sucht.«

»Geh weg, verlaß mich, kleines Dummerchen, wo solltest du das Mittel gefunden haben zu wissen, was allein die Feen wissen können?«

»Macht Euch darüber keine Gedanken. Versprecht mir nur, den Kuchen zu essen, den ich Euch backen werde, und Ihr werdet zufrieden sein.«

»Also gut, meinetwegen, aber wenn du dich über mich lustig machst, werde ich dich töten.«

Ditu Migniulellu erbat Mehl und Wasser und fertigte daraus einen schönen Kuchen, den sie unter der Asche backen ließ, nachdem sie den Ring in den Teig gesteckt hatte, den ihr der Prinz auf dem Ball geschenkt hatte. Als alles fertig war, schickte das Mädchen eine Dienerin mit dem Kuchen zum Prinzen, sie selbst begab sich auf ihr Zimmer. Der Prinz begann zu essen, und als er den Kuchen zur Hälfte aufgegessen hatte, fand er den Ring, den er sofort wiedererkannte, und er fing an zu schreien.

»Liebe Mutter! Liebe Mutter!«

Diese glaubte, daß Ditu Migniulellu ihren Sohn vergiftet habe, und lief, das Mädchen zu schlagen.

»Liebe Mutter! Liebe Mutter!«

»Hörst du«, sagte die Königin, »mein Sohn ruft, was hast du ihm angetan?«

»Laßt mich, ich habe nichts getan.«

»Liebe Mutter! Liebe Mutter!«

»Ja, ja, ich komme sofort.«

Und die Königin eilte zu ihrem Sohn, den sie ganz fröhlich fand.

»Seht, ich habe den Ring wiedergefunden, den ich der schönen Fremden gegeben hatte, sie muß in diesem Palast sein, gebt den Befehl, daß man sie unverzüglich finde.«

Da erschien Ditu Migniulellu, inzwischen von der Fee verwandelt, herrlich anzuschauen vor dem Prinzen.

»Ah! Das ist sie, ich erkenne sie, welches Glück! Ich bitte Euch, verlaßt mich nie wieder.«

»Ihr liebt mich also sehr, mein teurer Prinz?«

»Und ob ich Euch liebe.«

»Und dennoch habt Ihr mich so oft zurückgestoßen, ja Ihr gingt sogar so weit, mich zu schlagen.«

»Ich? Euch schlagen?«

»Ja, zuerst habt Ihr mich mit Eurem Zügel bedroht, dann habt Ihr mich mit Euren Sporen zur Erde geworfen und habt mich schließlich mit dieser Reitpeitsche geschlagen, die Ihr in der Hand haltet.«

»Ja, seid Ihr denn Ditu Migniulellu?«

»Ihr habt es erraten, ich bin Ditu Migniulellu, ein wenig verändert, das ist wahr, aber das dürfte Euch nicht allzusehr mißfallen.«

»Und singt Ihr immer noch so schön?«

»Ich singe immer noch so schön.«

Stellt euch die Freude des Prinzen, eine so vollkommene Frau zu haben, vor.

Noch am gleichen Tag feierte man seine Hochzeit und lud dazu alle Einwohnerinnen und Einwohner der benachbarten Städte.

Ich war ein wenig zu spät gekommen und wurde unter den Tisch gesteckt, wo ich nur Fußtritte und Knochen erhielt. Und ihr? Was habt ihr an diesem Tag gemacht?

Erzählt von Maria Ortoli aus Olmiccio

Der kleine Grindige

Ein kleiner Grindiger war so häßlich, daß niemand ihn ansehen konnte. Sein Vater sagte eines Tages zu ihm: »Du bist so abscheulich, daß ich dich nicht mehr sehen will, geh hinaus in die Welt und versuch, deinen Lebensunterhalt zu verdienen, wie du es vermagst.«

So ging der arme Junge davon und kam an ein Schloß, an dessen Tür er pochte.

»Was ist Euer Begehr?«

»Ich würde gern Diener werden.«

»Tretet ein, wir brauchen gerade jemanden, der sich um unsere Tiere kümmert.«

Am folgenden Tag trug man dem kleinen Grindigen auf: »Hier ist Fleisch und Heu, bring es dem Löwen und dem Pferd, die im Stall stehen.«

Der einfältige Junge ging und brachte das Heu dem Löwen und dem Pferd das Fleisch. Wie ihr euch denken könnt, fraßen an diesem Tag weder der Löwe noch das Pferd. Als nun am Tag darauf der kleine Grindige wiederkam und dem Pferd wieder Fleisch geben wollte, sprach das Pferd, das Bayard hieß, zu ihm: »Kleiner Grindiger, nicht Fleisch, sondern einen guten Armvoll Heu mußt du mir geben.«

Und der Diener brachte ihm, was es verlangte. Darauf sprach Bayard: »Um dich zu belohnen, gebe ich dir diesen Schlüssel, mit dessen Hilfe du alles haben kannst, was du willst. Solltest du mich dennoch brauchen, rufe nur, und ich komme dir zu Hilfe.«

Einige Zeit darauf wurde der Herr des Schlosses krank und starb. Die Schloßherrin war über dieses Unglück ganz verzweifelt und wollte weder essen noch trinken.

Der kleine Grindige, der ein gutes Herz hatte, kam zu ihr und sprach: »Herrin, weint nicht mehr, ich werde Euren Mann wieder zum Leben erwecken.«

»Wie willst du das anfangen?«

»Ich habe einen Schlüssel, der macht alles, was ich will.«

»Also gut, versuch es.«

Der kleine Grindige berührte den Toten mit den

Worten: »Mein Herr und Gebieter, tretet ins Leben zurück.«

Und der Schloßherr erhob sich im selben Moment, ganz erstaunt über die weinende Gesellschaft.

Als die Schloßherrin den kleinen Grindigen am Abend sah, rief sie ihn zu sich: »Verkauf mir deinen Schlüssel.«

»Nein.«

»Ich gebe dir tausend Taler dafür.«

»Ich gebe ihn weder für Geld noch Gold.«

»Wenn du ihn mir nicht verkaufst, werde ich dich in den Turm werfen lassen, wo du bestraft wirst.«

»Niemals werde ich meinen Schlüssel hergeben.«

Die Frau, die über diese Weigerung in Wut geriet, rief ihre Diener und befahl ihnen:

»Der kleine Grindige hat mich beleidigt, ergreift ihn und werft ihn in ein Brunnenloch, wo er umkommen soll.«

Die Diener erfüllten den Befehl ihrer Herrin, und der Unglückliche wurde in ein Loch geworfen, in dem sich siedendheißes Gold befand.

Der bedauernswerte Jüngling hub also an, seinen Freund, das Pferd, herbeizurufen: »Bayard, Bayard, hilf mir, oder ich sterbe!«

Bayard hörte ihn, lief herbei und rettete den kleinen Grindigen.

Doch dessen Kopf war schon ganz golden geworden, so daß er soviel Geld hatte, wie er wollte.

Bei diesem Anblick riet Bayard seinem Schützling: »Bedecke den Kopf mit diesem Taschentuch, sonst tötet man dich noch, um sich des Goldes zu bemächtigen.«

Der junge Mann tat, was das Pferd ihm befohlen hatte, dann floh er, so schnell er konnte, um nicht von den Leuten des Schlosses ergriffen zu werden.

Er kam bald zum Königspalast. Dort klopfte er an und man fragte nach seinem Begehr.

»Ich möchte gern Diener werden, wenn man mich nimmt.«

»Wir haben keine Verwendung für dich.«

Und die Tür wurde ihm vor der Nase zugeschlagen. Zuerst weinte und klagte der kleine Grindige, dann rief er nach seinem Freund Bayard.

Dieser kam, ganz in Gold geschirrt.

»Was wünschst du von mir?«

»Ich möchte gern eine Anstellung finden, aber niemand will mich einlassen.«

»Also gut, steig auf, nimm diese Lanze und poche laut an das Tor des Königs. Wenn man dich fragt, wer du bist, dann antworte nicht, und du wirst Einlaß erhalten.«

Der Grindige gehorchte, stieg aufs Pferd, und in vollem Galopp stieß er an das Tor des Schlosses.

Sogleich kam man herbeigelaufen.

»Wer seid Ihr?«

»Was geht es dich an?«

Da er ein so reich geschirrtes Pferd sah, hielt der Pförtner den Reiter für einen großen Herrn und ließ ihn ein. Der König empfing ihn gleich und fragte: »Wer seid Ihr, mein Herr?«

»Ich bin Ritter und reite Bayard.«

Der König gab sich mit der Antwort zufrieden, und da am Abend ein großes Fest stattfand, wurde der kleine Grindige zum Tanz eingeladen.

Er tanzte gut, sehr gut sogar, dank des Schlüssels, den er noch besaß und der ihn mit großer Vollkommenheit tanzen ließ.

So bat ihn die Königstochter: »Ich will mit Euch tanzen.«

Und sie tanzten, tanzten so lange und so gut miteinander, daß die Prinzessin ihren Kavalier sehr liebgewann. Am Ende jedoch begehrte die schöne Prinzessin zu wissen: »Warum haltet Ihr immer dieses Taschentuch auf Eurem Kopf?«

»Weil mein Kopf anders als der der anderen ist.«

»Wie das?«

»Er ist ganz aus Gold.«

Nun hatte die Prinzessin ihn noch viel lieber, und es blieb dem König nichts anderes übrig, als sie mit dem kleinen Grindigen zu vermählen.

Die Hochzeit war prächtig, alle waren eingeladen, und das Pferd Bayard führte den Hochzeitszug an.

Erzählt von Rosalinda Mattei aus Zoza-di-Tallano

Die Herberge der Teufelssöhne

Vater Satan sprach eines Tages: »Auf der Erde gibt es eine Straße, die von vielen Reisenden passiert wird, das ist der Weg der Neugierde. Dort werde ich eine Herberge einrichten und zwei meiner Söhne hinschicken, das Haus zu führen. Aber sie sollen so häßlich aussehen, derartig abscheulich, daß jeder, der sie sieht, fragen muß: ›Ach, Unglückliche, was habt ihr angestellt, daß ihr so ausseht?‹«

Gesagt, getan.

Der Teufel rief eines seiner Kinder, und um es so zu verunstalten, wie er es sich vorstellte, zerquetschte er ihm die Nase, riß ihm ein Auge aus, machte es kahlköpfig und zeichnete seine Stirn mit einem ekelerregenden Auswuchs. Genauso verfuhr er mit einem anderen Sohn, dann trug er ihnen auf: »Geht auf die Erde und laßt euch auf dem Weg der Neugierde nieder, von dort schickt mir alle, die fragen werden, was euch widerfahren sei. Ihr kehrt erst hierher zurück, wenn ihr jemanden gefunden habt, der hart genug ist, gleichgültig an euch vorbeizugehen.«

Die Teufelssöhne machten sich ans Werk, tausend Jahre lang beförderten sie eine Unmenge Neugieriger in die Hölle. Kein Mensch wurde jemals bei ihrem Anblick nicht von Mitleid bewegt, aber kaum hatte er gefragt: »Was habt ihr?«, wurde er zu Boden geknüppelt und in Stücke zerhackt. Danach setzten die Ungeheuer die Fleischstücke den anderen Reisenden vor.

Zu dieser Zeit lebte eine sehr arme Frau. Nachdem sie alles, was sie besaß, verkauft hatte, teilte sie den Erlös von fünfundvierzig Francs zwischen ihren drei Söhnen.

Eines Morgens sprach sie zu ihrem Ältesten: »Mein Kind, nimm diese fünfzehn Francs. Geh und mach dein Glück.«

Der Älteste verließ seine Familie und nahm den Weg der Neugierde, der breiter und schöner als die anderen war. So kam er auch an die Tür zur Herberge, und da er Hunger hatte, trat er ein. Aber beim Anblick der zwei scheußlichen Gestalten erbebte sein Herz, und unwillkürlich fragte er: »Unglückliche, welche Krankheit hat euch derart verunstaltet?«

Kaum hatte er diese Worte ausgesprochen, als er unter Knüppelhieben zusammenbrach. Sein Körper wurde in einen finsteren Keller geworfen.

Kurze Zeit danach sprach die Mutter zum zweiten Sohn: »Mein Kind, nimm diese fünfzehn Francs. Geh und mach dein Glück.«

So ging auch der zweite Bruder und nahm den gleichen Weg wie der älteste, der auch ihm zum Verhängnis wurde.

Zum dritten Mal sprach die Mutter zum letzten Kind: »Mein Kind, nimm diese fünfzehn Francs. Geh und mach dein Glück.«

So ging auch dieser fort.

Unterwegs begegnete ihm eine schöne Frau, die ihn fragte: »Wohin gehst du, Antonarello?«

»Ich suche mein Glück.«

»Du bist noch sehr jung; um es zu finden, muß man viel Erfahrung haben, alle seine närrischen Einfälle kennen, und dennoch erlangt man es nicht immer.«

»Und wessen bedarf es, um ihm zu begegnen?«

»Mit den fünfzehn Francs, die du bei dir trägst, mußt du mir drei Ratschläge abkaufen.«

»Ich möchte es schon«, sagte Antonarello, »denn ich merke wohl, daß Ihr von meinen Angelegenheiten viel mehr versteht als ich.«

»Hier ist der erste Rat: Mische dich nicht in die Angelegenheiten anderer. Möchtest du noch einen weiteren?«

»Ja.«

»Vertausche nicht die alte gegen eine neue Straße.«

»Gebt mir noch den dritten Rat.«

»Sei blind und taub.«

»Danke, liebe Frau, hier sind die fünfzehn Francs.«

Und Antonarello setzte ruhig seinen Weg fort, ohne zu bemerken, daß er mit der Heiligen Jungfrau gesprochen hatte. Jedoch wie groß war seine Überraschung, als er die Hand in die Tasche steckte und dreimal mehr Geld darin fand, als er ausgegeben hatte.

Das ist ein Wunder, dachte er, und fröhlich wanderte er weiter. Nachdem er einige Zeit unterwegs war, kam Antonarello an eine sehr schöne Straße.

Ob ich hier weitergehe? überlegte er. Aber er erinnerte sich des Rates, den man ihm gegeben hatte, und tat gut daran, denn an der Wegbiegung lauerten Räuber, die ihn unweigerlich getötet hätten.

Einige Tage später traf er auf Leute, die sich prügelten.

Oh, man müßte sie trennen, dachte Antonarello, aber der zweite Rat, »Mische dich nicht in Angelegenheiten anderer«, gewann die Oberhand. Das war sein Glück, denn diese hieben so verbissen aufeinander ein, daß sie sich bis auf den letzten gegenseitig totschlugen, und dem klugen kleinen Bruder wäre das gleiche widerfahren. Schließlich, nachdem er viele, viele Tage gewandert war, erreichte Antonarello die Herberge der Teufelssöhne.

»Ach, habe ich einen Hunger! Freunde, was könnt ihr mir anbieten?«

»Alles, was Ihr begehrt.«

Der Reisende ließ sich ein ausgezeichnetes Mahl bringen, aß gut, trank noch besser, bezahlte und machte sich ans Gehen.

Da ertönte ein fürchterliches Wutgeschrei, und einer der Teufel fragte Antonarello: »Mensch aus Staub, hast du denn ein so hartes Herz, daß du gleichgültig an uns vorbeigehen kannst?«

»Ich mische mich nicht in Angelegenheiten anderer, und wenn es sein muß, bin ich blind und taub.«

Als sie sahen, daß sie nichts ausrichteten, mußten sich die Ungeheuer besiegt geben. Verzweifelt verbrannten sie die Herberge, damit niemand dort eine Zuflucht finden konnte, dann kehrten sie angstschlotternd in die Hölle zurück. Rasend vor Wut empfing sie Vater Satan, aber bald schickte er sie von neuem los, damit sie sich auf einem anderen Weg niederließen. Die Ernte wird immer reichlich und die Hölle nie arbeitslos sein.

Antonarello setzte seinen Weg fort. Ich weiß nicht,

ob er das Glück gefunden hat, aber es wird ihm sicher begegnen, wenn er die Ratschläge, die er von der guten Jungfrau erhalten hat, befolgt.

Erzählt von Adelaide de Alma aus Porto-Vecchio

Das siebenköpfige Untier

Eine Frau hatte drei Söhne. Der Älteste sprach eines Tages zu ihr: »In Frankreich gibt es eine Schlange, die viele Menschen tötet, und der König hat seine Tochter demjenigen versprochen, der das Königreich von ihr befreit. Ich will das Abenteuer versuchen.«

»Geh nicht, mein Kind, bleib bei uns«, bat ihn die Mutter, aber der älteste Sohn wollte nichts hören und machte sich auf den Weg.

Unterwegs begegnete er Räubern, die ihn töteten.

Nun wollte der zweite Sohn losziehen, die Schlange mit den sieben Köpfen zu töten, aber er hatte noch nicht die Hälfte des Wegs zurückgelegt, als ihn das gleiche Schicksal ereilte wie den älteren.

Da keiner seiner beiden Brüder zurückkam, sprach der Jüngste, der Bertuolo hieß, zu seiner Mutter: »Ich möchte mich mit der siebenköpfigen Schlange messen, die in Frankreich ihr Unwesen treibt. Wenn ich sie töte, werde ich die Königstochter heiraten, und ich werde Euch holen.«

Da sie sah, daß sie ihren Sohn nicht daran hindern konnte, einer so großen Gefahr zu trotzen, buk die Mutter zwei große Kuchen und gab sie ihm.

Nun stieg er auf seinen Esel Bertu und wandte sich nach Frankreich.

Nach drei beschwerlichen Tagen hatte der Esel Hunger, und weil es kein Gras gab, gab Bertuolo ihm ein

Stück Kuchen. Das Tier hatte kaum gekostet, als es tot umfiel.

»Ach«, sprach Bertuolo zu sich, »meine Kuchen sind vergiftet, das könnte mir dienlich sein.«

Er setzte seinen Weg fort und wanderte lange, lange Zeit, ohne irgendwo zu rasten.

Nach mehr als hundert Tagen begegnete er den Räubern, die ihn fragten: »Wohin gehst du?«

»Ich suche zwei oder drei Gefährten, um Räuber zu werden.«

»Wenn das so ist, komm mit uns.«

Und Bertuolo folgte den Banditen in ihre Höhle.

»Was hast du zu essen? Besitzt du nichts?«

»Ich habe einen ausgezeichneten Kuchen, den ihr unter euch aufteilen könnt.«

»Und du?«

»Ich habe gerade vorhin gegessen.«

Die Räuber nahmen den Kuchen und verzehrten ihn, aber bald begannen sie zu schreien, sich zu verrenken und auf der Erde zu wälzen. Eine Stunde später starben sie unter den heftigsten Qualen.

Nachdem er sich so der Räuber entledigt hatte, bemächtigte sich Bertuolo der Schlüssel zu ihren Schätzen und setzte seinen Weg fort.

Von einem hohen Berg sah er, wie sich hundert Raben um die Kadaver der Räuber balgten.

»Krah! Krah! Krah!«

Ohne meinen Kuchen wäre ich wohl derjenige, auf den diese Raben einhacken, dachte der Reisende.

Bertuolo ruhte sich ausgiebig aus, dann begann er, auf der anderen Seite des Berges hinabzusteigen. Zuvor warf er noch einen letzten Blick zurück und sah die hundert Raben tot neben den Gebeinen der sieben Räuber liegen.

»Schau an, mein Kuchen versteht keinen Spaß. Wenn das immer so weitergeht, weiß ich nicht, wo das noch enden soll. Bah! Gehen wir weiter. Was schert es mich, was da noch geschehen könnte.«

Und so wandte sich Bertuolo mit leerem Beutel und leichtem Herzen nach Frankreich.

Nach mehreren Tagen Wegs glaubte er, endlich angelangt zu sein. Weil er müde geworden war, setzte er sich auf eine Brücke und sprach zu sich selbst: »Man hat mir unterwegs erzählt, daß, hat man das siebenköpfige Untier besiegt, man dem König ein Rätsel aufgeben muß, welches er nicht zu lösen vermag. Was sage ich ihm bloß?«

Bertuolo begann nachzudenken.

»Ja«, sagte er sich bald, »ich habe es gefunden. Wenn der König rät, was ich ihm aufgebe, müßte er schon sehr schlau sein.«

Bertuolo erreichte den Hof.

Er klopfte an, und man fragte ihn, was er wolle.

»Ich möchte den König sprechen.«

»Der König empfängt solche Leute wie dich nicht, du brauchst nicht noch einmal zu fragen.«

»Ich muß ihn sehen, denn ich komme, um das Untier mit den sieben Köpfen zu töten.«

»Es gab Stärkere als dich, die es versucht haben und nicht zurückgekehrt sind, aber was soll's, wenn du deshalb den König sehen willst, kann ich dich nicht daran hindern.«

Bertuolo wurde in einen Saal geführt, der über und über mit Gold bedeckt war. Der König saß auf einem Thron aus Diamanten. Als er Bertuolo sah, fragte er ihn: »Was willst du?«

»Großer König, ich komme, das siebenköpfige Untier zu töten.«

»Du kannst tun, was du willst, aber sollte es dir gelingen und du möchtest meine Tochter heiraten, hast du dann auch daran gedacht, ein Rätsel zu finden, das ich nicht lösen kann?«

»Ja.«

»Und wie heißt es?«

»Was soll das bedeuten:
Ich hatte zwei Kuchen,
die haben Bertu getötet,
der sieben getötet hat,
die hundert getötet haben.
Ich war nicht im Himmel noch auf Erden
Und habe einen Toten gesehen, der einen
Lebenden trug.«

Der König überlegte einen Augenblick, aber da er die Lösung des Rätsels nicht fand, sprach er zu Bertuolo: »Komm in drei Tagen wieder, wenn ich das Rätsel dann nicht gelöst habe und du das Untier besiegst, bekommst du meine Tochter.«

Nun rief der König alle Gelehrten und alle Wahrsager des Reiches zusammen, um sich den Sinn des Rätsels deuten zu lassen, aber niemand konnte ihn erschließen.

Nach drei Tagen sprach Bertuolo wieder vor.

»Nun, habt Ihr es erraten?«

»Was hast du mir da nur erzählt? Dein Rätsel hat gar keinen Sinn. Was bedeuten die zwei Kuchen? Und hat man denn jemals Tote Lebende tragen sehen?«

»So muß ich Euch also selbst das Rätsel erklären. Hört zu: Als ich von daheim wegging, erhielt ich zwei Kuchen von meiner Mutter, und da ich lange unterwegs war und mein Esel Hunger hatte, war ich genötigt, ihm einen davon zu geben. Zu meinem großen Erstaunen fiel mein Esel auf der Stelle tot um, und dadurch begriff ich, daß meine zwei Kuchen vergiftet waren. Ich setzte meinen Weg fort und bin bald darauf von sieben Räubern angehalten worden. Um mich ihrer zu entledigen, gab ich ihnen den anderen Kuchen. Wäre also nicht zuerst mein Esel Bertu durch den Kuchen umgekommen, hätte ich nicht erfahren, daß er vergiftet war. So ist es folglich Bertu, der die sieben Räuber getötet hat. Als ich einen hohen Berg erklomm, von dem aus ich das ganze Land überblicken konnte, bemerkte ich hundert krächzende Raben, die auf den Leichen der sieben Banditen herumhackten. So wurden auch diese vergiftet, und ich sah sie auf der Erde neben den toten Räubern liegen. Ihr seht also, daß sieben Tote hundert Lebendige getötet haben.«

»Das ist wahr, aber wie wirst du mir jetzt das erklären:

Ich war nicht im Himmel noch auf Erden
Und habe einen Toten gesehen, der einen
Lebenden trug?«

»Nichts einfacher als das. Als ich eines Tages lange unterwegs war, ohne mich auszuruhen, kam ich an das Ufer eines breiten Flusses, über den man eine Brücke gebaut hatte. Ich setzte mich auf das Geländer, und während meine Kräfte allmählich zurückkehrten, sah ich einen schönen Vogel, der auf einem Baumstamm saß, den Fluß hinuntertreiben. Ihr seht, daß ich weder im Himmel noch auf Erden war, da ich auf einer Brücke saß, und daß ein Toter wirklich einen Lebenden trug.«

»Tatsächlich, du hast recht«, gab der König zu, »nun mußt du nur noch die siebenköpfige Schlange töten, aber ich fürchte wohl, daß es dir nicht besser gelingen wird als all denjenigen, die es bereits vor dir versuchten.«

»Das werden wir schon sehen, denn obwohl klein von Gestalt, bin ich doch kräftig, und was Gewandtheit anbelangt, nehme ich es mit jedem auf.«

»Es wäre schade, dich zu verlieren, denn du bist sehr mutig. Nimm meine prächtige Rüstung und zieh in den Kampf.«

»Ich danke Euch sehr, doch ich möchte lieber unbelastet sein. Dieses Schwert reicht mir schon, und ich hoffe, Frankreich von dem Ungeheuer zu befreien. Laßt mich getrost aufbrechen, und wenn ich die Schlange besiegt habe, werde ich um die Hand Eurer Tochter anhalten.«

Der König versprach sie ihm.

Nach einigen Tagen Wegs erreichte Bertuolo die Burg, in der die Schlange hauste.

Als das Ungeheuer einen Menschen mit blankem Schwert erblickte, begann es wütend zu zischen, dann hielt es plötzlich inne und fragte: »Was willst du kleiner Erdenwurm? Deine Kühnheit sollst du teuer bezahlen.«

»Ich fürchte dich nicht, bald wirst du tot zu meinen Füßen liegen, und ich werde deine Zungen den Hunden vorwerfen.«

Nach diesen Worten stürzte sich Bertuolo auf die Schlange, die solcherart den zahlreichen Hieben ihres furchtbaren Feindes nicht ausweichen konnte. Der Kampf war schrecklich, die abgehauenen Köpfe wuchsen immer wieder nach, doch endlich, nach einer übermenschlichen Anstrengung, stieß der tapfere Jüngling einen Triumphschrei aus. Die blutigen Köpfe des Untiers rollten, von einem einzigen Hieb abgeschlagen, zu seinen Füßen.

Sogleich verkündete der Sieger den glücklichen Ausgang des Kampfes.

»Das siebenköpfige Ungeheuer ist tot, erfüllt Euer Versprechen«, forderte er den König auf.

»Die Schlange ist tot, sprichst du die Wahrheit?«

Der Herrscher umarmte den tapferen Bertuolo, den Retter des Königreiches. Sogleich wurde seine Hochzeit mit der Königstochter gerichtet. Man beging sie mit großer Pracht, ganz Frankreich war zum Festmahl geladen. Mit vollem Klang läuteten die Glocken von Paris und verkündeten, daß das Untier mit den sieben Köpfen getötet war. Alle waren zufrieden. Das Hochzeitsessen dauerte eine ganze Woche. Ganze Schaf- und Rinderherden wurden verzehrt, ganze Flüsse Wein getrunken.

Da ich unter dem Tisch saß, traf mich ein Knochen, der mir die Nase zerschlug.

Erzählt von Margarita Colonna aus Porto-Vecchio

Harpalionu

Einst setzte es sich ein Esel in den Kopf, sein Glück zu machen. Er zerriß sein Halfter und rannte, rannte schnurstracks auf die Wiese. Das Gras war sehr hoch und äußerst schmackhaft, und auch an Disteln fehlte es nicht.

Hocherfreut darüber, hub der Dummkopf von Esel an, so laut und so fröhlich sein ›Iah‹ zu grölen, daß ein Löwe, welcher zufällig in der Nähe war, herankam, um zu sehen, was los sei.

Beim Anblick des Esels blieb er verdutzt stehen. Niemals war ihm auf seinen Streifzügen ein derartiges Tier begegnet.

Nach einigem Zögern näherte er sich jedoch dem Esel und fragte diesen: »Wie heißt du?«

»Harpalionu.«

»Harpalionu?«

»Ja.«

»Wie? Verfügst du denn über solche Kraft, daß du dich erdreisten kannst, ›Bezwinger des Löwen‹ zu heißen?«

»In der ganzen Welt gibt es kein Wesen, das sich mit mir messen kann.«

»Also wenn du so stark bist, werde ich dir ein Geschäft vorschlagen.«

»Und das wäre?«

»Wir schließen einen Vertrag und verbünden uns gegen alle anderen Tiere.«

»Das wäre mir recht«, entgegnete der Esel.

Und so liefen sie miteinander durch die Felder.

Es geschah, daß sie über einen Fluß mußten. Ein einziger Satz, und der Löwe erreichte das gegenüberliegende Ufer. Der Esel hingegen versuchte zu schwimmen, aber so ungeschickt, daß er wohl tausendmal Gefahr lief zu ertrinken.

Endlich gelangte er ans Ufer.

»Wie? Kannst du denn nicht schwimmen?« wunderte sich der Löwe über soviel Ungeschicklichkeit.

»Ich? Besser als ein Fisch.«

»Warum hat es dann solange gedauert, bis du durch dieses Bächlein kamst?«

»Ach, mit meinem Schwanz hatte ich einen Fisch von so gewaltiger Größe gefangen, daß sein Gewicht mich auf den Grund zog. So war ich genötigt, ihn fahrenzulassen, um zu dir gelangen zu können.«

Mit dieser Antwort gab sich der Löwe zufrieden, und die zwei Tiere setzten sich aufs neue in Marsch.

Da versperrte ihnen eine Mauer den Weg.

Der Löwe setzte mit einem Sprung hinüber.

So schnell konnte das der unglückliche Esel nun wirklich nicht. Er hob zuerst seine Vorderfüße, und mit gewaltiger Anstrengung schaffte er es, die Mauer zu erklimmen.

Nun aber konnte der Esel weder vor noch zurück.

»He, was machst du denn dort?« rief ihm der Löwe zu.

»Du siehst wohl nicht, daß ich mich wiege? Ich möchte wissen, ob mein Vorderteil genausoschwer ist wie mein Hinterteil.«

Zu guter Letzt und mit vieler Mühe stieg Harpalionu von der Mauer. Auf der Erde sprach der Löwe zu seinem Gefährten: »Ich glaube, du machst mir etwas vor, denn nach allem, was ich sehe, hast du gar keine Kraft.«

»Glaubst du? Also gut, setzen wir auf den, der als erster diese Mauer umwirft.«

Der Löwe begann nun, der Mauer mit heftigen Tatzenhieben zu Leibe zu rücken. Aber er verletzte sich bloß und konnte nichts ausrichten. Nach kurzer Zeit hielt er inne.

»Ich kann sie nicht kleinkriegen. Laß sehen, ob es dir besser gelingt.«

Da begann der Esel, nach hinten auszuschlagen, so daß er binnen kürzester Zeit die Mauer zerstört hatte.

»Na, was sagst du nun? Glaubst du noch immer, daß du stärker bist als ich?«

»Bis jetzt«, sagte der Löwe, »bildete ich mir ein, ich sei der Stärkste unter den Tieren, doch ich sehe, daß ich mich geirrt habe, du bist viel stärker als ich.«

»Und doch«, gab Harpalionu zu bedenken, »weißt du nicht, wozu ich fähig bin.«

»Was kannst du denn noch Besonderes?«

»Ich esse Stacheln.«

»Stacheln?«

»Ja.«

»Da bin ich aber neugierig.«

»Siehst du die, die dort im Winde wiegen?«

»Ja.«

»Ich werde sie verspeisen.«

Und Harpalionu begann, die schönsten Disteln, die es je gab, zu rupfen. Darüber aufs höchste verwundert, sprach der Löwe zu seinem Freund: »Du bist wirklich ein ganz außergewöhnliches Tier, ich werde dich zum König der Löwen ernennen.«

»Das möchte ich gern«, meinte der Esel.

Am folgenden Tag fand eine Versammlung aller Löwen der Gegend statt, und Harpalionu wurde als König anerkannt. In dieser neuen Position lebte unser Esel lange Jahre glücklich, und das um so mehr, weil er nie Anspruch auf die Tiere erhob, die seine Untertanen getötet hatten.

Schließlich wurde Harpalionu von den Krankheiten heimgesucht, welche das Alter so mit sich bringen, und eines schönen Tages fanden die Löwen ihn tot. Sie begruben ihn mit großem Aufwand, und noch lange Zeit hallten die Ebenen und Wälder von ihrem schrecklichen Schmerzgeheul wider.

Erzählt von Giuseppe Ortoli aus Olmiccia

Spring in meinen Sack

In den traurigen und öden Bergen des Niolo lebte vor langen Zeiten ein Vater mit seinen zwölf Kindern. Der Hunger war im Land ausgebrochen, und der arme Vater sprach zu seinen Söhnen: »Liebe Kinder, ich habe kein

Brot mehr, das ich euch geben könnte, zieht in die Welt hinaus, vielleicht findet ihr eine Möglichkeit, euer Leben zu fristen.«

Nach diesen Worten begann der jüngste Bruder, der hinkte, zu weinen und klagte: »Wie sollte ich meinen Lebensunterhalt verdienen, da ich doch hinke?«

»Trockne deine Tränen, mein liebes Kind, weine nicht mehr, deine Brüder werden dich mitnehmen, und, dessen bin ich gewiß, wenn sie ein Stück Brot finden, werden sie auch dich nicht vergessen.«

Am folgenden Tag, sie hatten sich noch einmal versprochen, niemals auseinanderzugehen, brachen die Brüder auf.

Jedoch nach einigen Tagen Wegs sprach der älteste Bruder zu den anderen: »Unser kleiner Bruder Francesco ist uns hinderlich, lassen wir ihn hier zurück, ein Wohltätiger, der vorbeikommt, wird vielleicht Mitleid mit ihm haben.«

Gesagt, getan. Die bösen Brüder verließen Francesco ›den Hinkenden‹, setzten ihren Weg fort und bettelten alle Leute, die ihnen begegneten, um ein Almosen an. So erreichten sie Bonifacio. Dort bemächtigten sie sich eines Bootes, das am Ufer vertäut lag, und wollten nach Sardinien übersetzen, wo, wie sie glaubten, der Hunger weniger groß war.

Aber inmitten der Meerenge erhob sich ein so mächtiger Sturm, daß die Barke gegen die Felsen geschleudert wurde und zerbrach. Die elf Brüder ertranken.

Von Schmerz und Müdigkeit überwältigt, war Francesco ›der Hinkende‹ an der Stelle, an der er verlassen worden war, eingeschlafen. Die Fee dieses Ortes, die alles mit angesehen hatte und dem unglücklichen Kranken helfen wollte, nutzte seinen Schlaf und renkte sein Bein wieder ein.

Dann nahm sie das Aussehen einer alten Frau an und ließ sich, wie um auszuruhen, auf einem schweren Bündel Holz nieder.

Als er aufwachte, war Francesco ganz verwundert, daß er laufen konnte wie jeder andere.

Als er die alte Frau zu seiner Seite erblickte, fragte er sie: »Wißt Ihr, gute Frau, ob hier ein bedeutender Arzt vorbeigekommen ist?«

»Und weshalb das, mein Freund?«

»Während ich schlief, hat er mein Bein geheilt, und ich möchte ihm für seine Güte danken.«

»Wirklich? Also gut, dieser Arzt war ich! Ich habe hier einige Kräuter, die allein mir bekannt sind, ich habe das kranke Bein damit eingerieben, und es wurde sogleich vollständig gesund.«

Francesco konnte seine Freude kaum bezähmen, er fiel der guten Frau um den Hals und umarmte sie bewegt. Dann, um ihr seine Ergebenheit zu beweisen, wollte er ihre Last tragen.

Aber, welche Überraschung, anstelle der alten Frau sah er nun das schönste Mädchen, das man sich vorstellen kann.

Sie strahlte über und über von Diamanten. Langes blondes Haar fiel ihr über die Schulter. Ihr Gewand war aus blauer, golddurchwirkter Seide, und ihre kleinen Schuhe verschwanden unter zwei großen, aus kostbarem Edelstein gefertigten Sternen.

Außer sich vor Bewunderung, fiel Francesco auf die Knie, aber die Fee sprach zu ihm: »Erhebe dich, ich freue mich, daß du nicht undankbar bist. Nenne zwei Wünsche, die ich dir sofort erfüllen werde, denn ich bin die Königin der Feen des ›Lac de Creno‹.«

Der junge Mann überlegte einen Augenblick, dann antwortete er: »Ich würde mir einen Sack wünschen, in den auf der Stelle alles hinein muß, was ich hineinwünsche.«

»Das gewähre ich dir, du hast noch einen Wunsch frei.«

»Ich möchte einen Stock, der mir in allem gehorsam ist.«

»Es sei.«

Die Fee verschwand und ließ zu Füßen Francescos einen Sack und einen Stock zurück.

Glücklich über das, was ihm widerfahren war, wollte der Jüngling seinen Sack und seinen Knüppel ausprobieren. Da er Hunger hatte, schrie er: »Ein gebratenes Rebhuhn möge in meinen Sack kommen!«

Auf der Stelle wurde ihm gehorcht.

Voller Freude begehrte Francesco noch Brot, Wein und alles, was für ein ausgezeichnetes Mahl vonnöten ist.

Danach machte er sich wieder auf den Weg und kam am darauffolgenden Tag in Mariana an.

Dort trafen sich alle leidenschaftlichen Spieler aus Korsika und Italien.

Weil er kein Geld hatte, befahl Francesco: »100 000 Taler in meinen Sack!«

Und sogleich fand er sie vor.

Nun müßt ihr wissen, daß zu dieser Zeit der Teufel die Stadt Mariana sehr liebte. In der Gestalt eines schönen Jünglings gewann er jeden zum Kartenspiel, und wenn die jungen Leute nichts mehr zum Verspielen hatten, kaufte er ihre Seelen, indem er sie schändliche Handlungen begehen hieß.

Wie ein Lauffeuer verbreitete es sich in der Stadt, daß der Prinz Santo-Francesco soeben mit unendlichen Reichtümern angekommen sei.

Unverzüglich begab sich der verkleidete Teufel zu

ihm und sprach: »Mein lieber Prinz, verzeiht, daß ich zu Euch komme, aber Euer Ruf ist so groß, daß ich dem Wunsch, Euch spielen zu sehen, nicht widerstehen konnte.«

»Ihr schmeichelt mir sehr«, erwiderte Francesco, »denn ich bin kein Spieler. Aber es würde mir Vergnügen bereiten, einige Partien mit Euch zu spielen, und ich bin sicher, daß ich in Eurer Schule lernen werde.«

Zufrieden wandte sich der Teufel zum Gehen, aber nicht schnell genug, so daß Francesco die Bocksfüße des Ungeheuers sehen konnte, die jener schlecht versteckt hatte.

»Aha«, sprach er bei sich, »Satan persönlich hat mich besucht. Um so besser, ich werde ihm beibringen, daß er gut daran getan hätte, sich an jeden anderen als an mich zu wenden.«

Und fröhlich bestellte er sich ein ausgewähltes Festmahl. Einige Tage später begab sich Francesco ins Spielcasino. Dort zeigte man ihm einen jungen Mann, der sich gerade aus Verzweiflung, all sein Geld verspielt zu haben, erstochen hatte. Allen tat diese traurige Begebenheit leid, nur der Teufel, den Francesco gleich wiedererkannte, lachte sich ins Fäustchen. Man begrub den Unglücklichen, und das Spiel ging weiter.

Am ersten Tag verlor Francesco, der nicht spielen konnte, Riesensummen. Man hielt ihn für ruiniert, aber er war es nicht, denn er brauchte nur seinem Sack zu befehlen, um alles Geld zu bekommen, was er benötigte.

Am zweiten und am dritten Tag war es genauso.

Der Teufel war überzeugt davon, daß Francesco erledigt sei, und er riet ihm, wobei er sich den Anschein des Bedauerns gab: »Mein lieber Prinz, diese drei Tage müssen Euer Vermögen beträchtlich angegriffen haben, aber mit meiner Hilfe könntet Ihr, wenn Ihr wolltet, die Hälfte davon wiedererlangen, unter einer Bedingung, versteht sich.«

»Welche wäre das?«

»Ihr sollt das junge Mädchen, das ich Euch zeige, entehren. Sie ist reich und mit allen Vorzügen ausgestattet. Ich glaube, sie wird Euch nicht lange Widerstand entgegensetzen.«

»Ah, Satan, solchen Rat gibst du mir? Also, spring in meinen Sack!«

Als er sich erkannt sah, verzerrte der Teufel sein Gesicht, aber er mußte gehorchen.

Nun befahl Francesco dem Knüppel: »Schlag drauf!«

Der Knüppel hieb so gewaltig auf ihn ein, daß der Teufel schrie und fluchte.

»Laß mich raus! Laß mich raus!«

Aber der Knüppel prügelte weiter.

»Laß mich raus, halt ein, oder ich sterbe!«

»Na und? Wäre das ein Unglück? Ah, du bist noch nicht zufrieden ...«

Und weiter drosch der Knüppel auf ihn ein.

Nach drei Stunden gab Francesco den Befehl: »Genug, es reicht für heute!«

»Was muß ich tun, daß du mir die Freiheit zurückgibst?« fragte der Teufel.

»Hör gut zu: Erstens mußt du augenblicklich all denen das Leben zurückgeben, die es sich durch deine Schuld im Spielcasino genommen haben, zweitens schwörst du mir, niemals dieses junge Mädchen – da du es entehren wolltest, ist es zweifellos sittsam und gut – anzutasten.«

»Ich schwöre es dir«, beteuerte der Teufel.

»So geh, aber denke daran, daß ich dich wieder einfangen kann, wann immer ich will.«

Der Teufel hütete sich, sein Wort zu brechen. Kaum war er unter der Erde verschwunden, als Francesco viele junge Männer mit fiebrigen Augen und fahlen Gesichtern zum Vorschein kommen sah.

»Meine Freunde«, sprach er, »viel habt ihr beim Spiel verloren, und aus Verzweiflung habt ihr euch das Leben genommen. Nun hatte ich die Macht, euch das Leben heute wiederzugeben, morgen werde ich es vielleicht nicht können. Sprecht, gebt ihr mir euer Wort, nicht mehr zu spielen, wenn ich euch das Leben lasse?«

»Ja, ja, wir schwören es.«

»Das ist gut, hier sind 1000 Taler für jeden, geht und arbeitet, um euer Brot zu verdienen.«

Glücklich zogen die jungen Leute los, die einen zu ihren trauernden Familien, die anderen in die Welt, denn ihr einstiges schlimmes Leben hatte ihre Eltern ins Grab gebracht.

Nun wollte Francesco in sein Heimatdorf zurückkehren, wo sein Vater sicher sehr unglücklich war.

Auf der Landstraße traf er einen Jungen, der verzweifelt die Hände rang.

»He, junger Mann, bist du etwa Grimassenschneider von Beruf? Wenn ja, wieviel verlangst du für das Dutzend?«

»Guter Herr, mir ist nicht zum Lachen zumute.«

»Und warum nicht?«

»Mein Vater, unsere einzige Stütze, ist von einem Kastanienbaum gestürzt und hat sich den Arm gebrochen. Ich bin in die Stadt gelaufen, um den Arzt zu holen, aber weil er weiß, daß wir arm sind, wollte er sich nicht bemühen.«

»Wenn es nur das ist, beruhige dich.«

Aber das Kind wollte nicht aufhören zu weinen.

»Beruhige dich doch, sage ich dir, deinem Vater soll

es nicht an einem Arzt mangeln, wie heißt der, den du holen wolltest?«

»Doktor Pancrace.«

»Doktor Pancrace, spring in meinen Sack!«

Sogleich stürzte ein Mann in den Zaubersack. Auf Befehl seines Herrn begann auch noch der Knüppel seinen Tanz.

Die Schreie des Arztes versetzten das Kind in Schrekken, es wollte fliehen, da gebot Francesco seinem Knüppel Einhalt.

»Herr Gelehrter, ich gebe Euch einen Augenblick, damit Ihr Euch die Glieder reiben könnt, denn Ihr werdet diesen Sack erst verlassen, wenn Ihr ein Klumpen Fleisch seid.«

»Erbarmen! Was habe ich denn getan, daß ich eine solche Strafe verdiene?«

»Elender! Du wagst es, mich das zu fragen? Erkennst du denn dieses Kind nicht wieder?«

»Gnade! Gnade!«

»Du hast kein Mitleid mit anderen gehabt, so werde ich auch kein Mitleid mit dir haben. Knüppel, schlag zu!«

Und als der böse Arzt entsetzt losheulte, sprach Francesco: »Knüppel, halt ein! Herr Doktor, versprecht Ihr mir, den Vater dieses Unglücklichen zu behandeln, wenn ich Euch hinauslasse?«

»Ja, ja, Pflege, Medizin, Geld, ich werde ihm alles geben.«

»Nun gut, kommt heraus.«

Freigelassen konnte sich der Arzt kaum auf den Beinen halten, er fühlte sich wie gerädert. Francesco zwang ihn trotzdem loszugehen. Im Dorf angekommen, zeigte sich der Arzt so um den Kranken bemüht, daß Francesco nicht am Erfolg der Behandlung zweifelte und seinen

Weg fortsetzte, weil er große Eile hatte, seinen alten Vater wiederzusehen.

Nach einigen Tagen Marsch kam er in seine Heimat, wo die Hungersnot schrecklich war.

Gleich richtete Francesco eine Herberge ein, wo jeder sich zu Tisch setzen konnte, ohne etwas zu bezahlen. Sein Sack gab ihm immer die kräftigsten Speisen und ausgewähltesten Weine. Das währte so lange, wie die Hungersnot anhielt, dann wollte Francesco nichts mehr geben, aus Furcht, die Faulen zu ermutigen und den Bewohnern des Niolo so einen schlechten Dienst zu erweisen. Ihr glaubt alle, daß Francesco glücklich war, nicht wahr?

Nun, ihr irrt euch. Er war ganz im Gegenteil sehr unglücklich, seine Brüder nicht wiederzusehen, denn er zürnte ihnen wegen ihrer Übeltat nicht. Elfmal hatte der arme Mann gerufen: »Giovanni, mein Bruder, spring in meinen Sack!«

»Paolo, mein Bruder, spring...«,

... und jedesmal, leider, fand er in seinem Sack nur einen Haufen halbzerfressener Gebeine.

Es gab also keinen Zweifel, seine Brüder waren tot, und darüber war er sehr traurig.

Der Vater von Francesco starb, als es an der Zeit war, und Francesco selbst wurde sehr alt.

Vor seiner letzten Stunde wollte er die gute Fee des ›Lac de Creno‹ noch einmal sehen.

Er machte sich auf den Weg und kam an denselben Ort, wo er ihr das erste Mal begegnet war.

Dort wartete er, aber sie ließ sich nicht blicken.

Inständig bat er die gute Fee, sich noch einmal zu zeigen, doch vergebens.

Jedoch sterben, ohne sie wiedergesehen zu haben, wollte Francesco nicht. In diesem Augenblick kam der

Tod vorbei. In der einen Hand hielt er eine schwarze Fahne, in der anderen seine scharfe Hippe.

Als er Francesco erreichte, sprach er: »He, Alter! Hast du genug vom Leben? Hast du nicht zur Genüge Berge und Täler durchstreift? Wäre es nicht an der Zeit, daß du das machst, was alle anderen auch tun, nämlich mit mir kommen?«

»Oh, Tod«, entgegnete Francesco, »ich habe genug von der Welt und allem, was sie enthält, gesehen und bin aller Dinge überdrüssig. Aber bevor ich mich dir ausliefere, muß ich noch jemandem, der mir teuer ist, Lebewohl sagen. Gib mir einen Tag Zeit.«

»Greis, bist du bereit? Sprich dein Gebet, wenn du nicht willst, daß deine Seele wie die eines Sarazenen stirbt. Dann denk daran, mir zu folgen.«

»Ich bitte dich nur um einen halben Tag.«

»Nein.«

»Wenigstens eine Stunde.«

»Keinen Augenblick.«

»Wenn du so hartherzig bist, spring in meinen Sack!«

Der Tod erzitterte, alle seine Knochen klapperten aneinander, aber er mußte gehorchen.

Im selben Augenblick erschien die Königin der Feen des ›Lac de Creno‹, genauso strahlend und jung wie beim ersten Mal.

Als er sie erkannte, warf sich der Greis vor ihr nieder, aber die Fee sprach zu ihm: »Du hast die Macht, die ich dir verliehen habe, nicht mißbraucht, dein Sack und dein Knüppel haben dir nur dazu gedient, Gutes zu tun, ich möchte dich dafür belohnen. Was begehrst du?«

»Ich brauche nichts mehr.«

»Willst du Caporale werden? Willst du König werden?«

»Ich brauche nichts mehr.«

»Greis, willst du Reichtum, Gesundheit, Jugend?«

»Nein, ich möchte nur, daß Korsika froh und nicht mehr von den Sarazenen verwüstet wird.«

»Das sei dir gewährt«, verkündete die gute Fee des Sees, und im selben Augenblick war sie verschwunden.

Der gute Francesco entfachte ein großes Feuer, erwärmte seine erstarrten Glieder, dann befreite er den Tod und warf seinen Sack und seinen Knüppel in die Glut, weil er befürchtete, daß andere einen schlechten Gebrauch davon machen könnten.

In diesem Moment lachte, hinter einem Strauch versteckt, hämisch der Teufel, aber der arme Francesco hörte ihn nicht mehr. Das Alter hatte ihn taub werden lassen.

Kikeriki! Kikeriki!

»Das ist der Hahn!« rief der Tod, berührte den Greis mit seiner Hippe und führte den Leichnam mit sich hinweg.

Erzählt von Signora Marini aus Porto-Vecchio

Der Esel mit den Goldtalern

In der Zeit, als die Tiere sprechen konnten, lebte eine Mutter mit ihren drei Kindern in so tiefer Armut, daß ihre ganze Nahrung aus den Früchten des Waldes bestand.

Die unglückliche Frau sprach eines Tages: »Meine Kinder, überlaßt mich meinem traurigen Schicksal, zieht in die Welt, und so Gott will, wird das Glück euch nicht vergessen.«

Der älteste Bruder ging fort.

Nach einigen Tagen fiel er plötzlich einer Bande

Räuber in die Hände, die sich auf ihn stürzten und ihn fast nackt zurückließen.

»He! Freunde! Wie behandelt ihr mich? Seht ihr nicht, daß es kalt ist?«

Die Räuber brachen in Gelächter aus und gaben ihm seine armseligen Kleider zurück.

Dann fragten sie: »Wohin gehst du?«

»Wohin jeder geht, auf die Suche nach dem Glück.«

»Das Glück hat anderes zu tun, laß es sausen und komm mit uns.«

»Das möchte ich wohl.«

Und der erste Bruder erhielt den Befehl, den Schatz der Räuber zu bewachen.

Auch den zweiten Bruder hielt nichts mehr zu Hause. Er folgte dem gleichen Weg wie der älteste, und genauso wie dieser wurde er von den Banditen ergriffen und mit der Aufsicht des Schatzes betraut.

Farinello, der jüngste, dachte sich, als er sah, daß niemand zurückkam: Meine zwei Brüder sind diese Straße gegangen, und keiner von ihnen ist zurückgekehrt, nehmen wir den entgegengesetzten Weg.

Gesagt, getan.

Eines Abends fand er ein schönes Haus, an dessen Tür er klopfte. Da zeigte sich eine alte Frau und rief ihm zu, daß das die Höhle eines der gefährlichsten Menschenfresser sei.

»Flieh, so schnell du kannst, von hier!« fuhr sie fort. »Zögere keinen Moment länger, sonst bist du verloren. Flieh! Flieh!«

Und geschwind zog die Alte Farinello hinter sich her, bis sie weit genug vom Haus entfernt waren.

In ihrer Hütte angekommen, zündete die Fee, denn es war eine, ein großes Feuer an und bereitete das Abendessen.

»Bleib und iß, armes Kind, wärm dich auf.«

Farinello ließ sich nicht lange darum bitten.

Am nächsten Morgen sprach die Fee: »Hier ist ein blauer Vogel, der dich, wenn du willst, auf all deinen Reisen begleiten wird. Das Glück ist schwer zu finden, er wird dir Gesellschaft leisten und dir ein wahrer Freund sein.«

Farinello bedankte sich herzlich, und fröhlich zog er los, den blauen Vogel nahm er mit sich.

»Oh, wie schön du aussiehst, lieber kleiner blauer Vogel. Sei gegrüßt! Sing doch etwas, um uns aufzumuntern.«

Der Vogel hub an, so süß und so traurig zu singen, daß sich Farinellos Augen mit Tränen füllten.

»Ach, armer Vogel, warum bist du so traurig? Weil du gefangen bist? Warte, ich will dir die Freiheit geben.«

Der Vogel flog auf einen Baum und rief: »Danke, danke, Farinello; wenn du in Gefahr bist, ruf mich, und ich komme dir zu Hilfe.«

Farinello ging seines Wegs und kam an das Ufer eines Flüßchens. Dort bewunderte er die vielen Fische, die anmutig in diesem kleinen Wasserlauf spielten.

Da rief ihm sein Magen zu: »Farinello, Farinello, steh nicht so müßig herum. Fang dir doch einen dieser hübschen Fische und steck ihn in deinen Beutel.«

Farinello befolgte diesen Rat und fing einen schönen Karpfen. Als die Nacht hereinbrach, kam der Jüngling an eine Hütte. Er klopfte an, und man hieß ihn eintreten.

»Wollt Ihr mir ein Stück Brot geben und ein Nachtlager gewähren?«

»Gewiß doch, aber warum unternehmt Ihr so lange Reisen, wenn der Beutel leer ist?«

»Ich besitze wohl einen Fisch, aber nichts, um ihn zu kochen.«

»Nun, dort ist ein großes Feuer, richtet Euch ein, wie Ihr mögt, und nehmt von dem Brot aus dem Kasten, soviel Ihr benötigt.«

Farinello ging zum Feuer, aber gerade, als er seinen Fisch braten wollte, dachte er bei sich: »Armer Fisch, du hast Vertrauen zu mir gehabt und dich ohne den geringsten Widerstand fangen lassen, und ich sollte so unbarmherzig sein, dich zu töten? Nein, so böse bin ich nicht.«

Und Farinello begnügte sich damit, trockenes Brot zu essen.

Kaum war der nächste Tag angebrochen, da ging der Jüngling zum Fluß zurück und warf seinen Karpfen hinein, der auch sogleich quicklebendig hin und her schwamm.

Farinello nahm seinen Weg wieder auf. An einer Wegbiegung sah er auf dem Ast einer großen Eiche seinen schönen Vogel fröhlich umherhüpfen.

»Ach, grüß dich, mein kleiner blauer Vogel, du mußt Hunger haben, nimm das Brot, das ich noch habe.«

»Danke, danke!« rief der schöne blaue Vogel.

Farinello ging weiter.

Doch er lief dem Menschenfresser in die Hände, der ihn zu seiner Frau brachte und ihr auftrug: »Hüte ihn gut, in wenigen Tagen wird er dick und fett sein, und wir können eine leckere Mahlzeit aus ihm bereiten.«

Der Bedauernswerte wurde in einen Keller gebracht, wo nur durch ein winziges Loch das Tageslicht zu ihm hereindrang.

»Ach, jetzt bin ich verloren! Die alte Frau hatte sehr recht, als sie sagte, daß jeder, der dieses Haus betritt, es nie wieder verläßt.«

Da kam ihm sein lieber kleiner blauer Vogel in den Sinn, und er rief: »Vogel, Vogel, komm mir zu Hilfe, oder ich bin verloren!«

Der Vogel kam herbeigeflogen und trug in seinem Schnabel den Zweig eines Olivenbaumes.

»Hier, nimm diesen Zweig, und du wirst gerettet.«

»Und wie wird er mich retten?«

»Schau!«

Der Ast begann zu laufen, und Farinello brauchte ihm nur zu folgen. Die ganze Nacht war er auf den Beinen, dann konnte der Gefangene aus dem Keller gelangen.

Groß war seine Freude, als er sich endlich am Ufer des Flusses befand und seinen Fisch wiedersah. Dieser rief ihm zu: »Sieh dieses Wollknäuel, das vor dir herrollt, und bleib erst stehen, wenn es vollständig abgewickelt ist.«

Farinello setzte sich in Marsch.

Als die Nacht hereinbrach, kam er in die Nähe eines Brunnens, wo er trank. Der Hunger machte ihm zu schaffen, aber er besaß nichts mehr.

Zum Glück war der Faden fast ganz abgewickelt, und an seinem Ende fand Farinello ein schönes Goldstück. Damit konnte er sich in der ersten Herberge, an die ihn sein Weg führte, ein gutes Abendessen kommen lassen.

Gerade hatte Farinello seine Mahlzeit beendet, als er hörte, wie jemand leise an seine Tür klopfte.

Wer zum Teufel stört mich da? dachte er, und als er sich umdrehte, erblickte er seinen Vogel, der ein Körbchen mit Goldtalern im Schnabel hielt.

»Hier, davon kaufst du das erste, was dir nach Verlassen der Herberge vor die Augen kommt.«

Trotz allem, was er erlebt hatte, dem Glück war Farinello noch nicht auf die Spur gekommen.

Zu früher Stunde machte er sich am folgenden Tag auf den Weg. Nach knapp hundert Schritten begegnete er einem Esel, der seinen Herrn trug.

»Hallo, mein Herr, wollt Ihr mir Euren Esel verkaufen?«

»Gewiß, wenn Ihr mir einen guten Preis macht.«

»Ich biete Euch hundert Goldstücke.«

»Im Ernst?«

»Im Ernst.«

»Gut, einverstanden.«

Farinello stieg auf den Esel und ließ ihn zur Probe etwas herumtraben. Doch welche Überraschung! Bei jedem Schritt fielen Goldstücke unter dem Schwanz des Esels hervor.

»Endlich habe ich das Glück gefunden!« rief Farinello, »aber sollte irgend jemand die Kunst meines Esels bemerken, wird man ihn mir sicher rauben.«

Also fertigte der Jüngling einen großen Korkpfropfen an, den er unter dem Schwanz seines Tieres feststopfte.

Unterwegs traf Farinello auf Diebe.

»Willst du uns deinen Esel verkaufen?«

»Nein.«

»Wir geben dir hundert Goldstücke dafür.«

»Ich werde ihn nicht verkaufen, selbst wenn ihr mir tausend dafür gebt.«

Wenn er so an seinem Tier hängt, dachten die Räuber bei sich, muß etwas Verdächtiges dahinterstecken.

So stürzten sie sich auf den unglücklichen Eselbesitzer, entrissen ihm das Tier und machten sich auf dem schnellsten Wege davon.

Tief betrübt setzte sich Farinello auf einen Stein und brach in Tränen aus.

»Ach, mein armer Esel, ach, mein armer Esel«, klagte er ununterbrochen.

Da kam der blaue Vogel herbei.

»Was hast du, mein Freund? Du scheinst sehr unglücklich?«

»Man hat mir mein Glück geraubt.«

»Deinen Esel, wolltest du sagen. Nun, wenn du ihn wiederhaben willst, mußt du dich auf den Weg machen. Suche unermüdlich überall, dann wird es dir gelingen.«

Zwar wollte sich Farinello gleich auf die Suche begeben, doch in welche Richtung sollte er sich wenden?

Auf gut Glück nahm er den erstbesten Weg, der sich ihm bot.

Nachdem er sieben Tage und sieben Nächte unterwegs gewesen war, sah er einen Fischer, der Fische feilbot, unter denen Farinello seinen Karpfen wiedererkannte. Als er ihn in einer so traurigen Lage sah, kamen ihm die Tränen.

»Wieviel verlangt Ihr für diesen Fisch?«

»Einen Taler.«

»Hier ist er.«

Farinello nahm den Fisch und ging in ein Wirtshaus.

»Wenigstens soll kein anderer als ich dich verspeisen, mein schöner Karpfen.«

Er ließ ihn braten und aß ihn.

Aber welch Glück, im Bauch des Fisches fand er einen goldenen Schlüssel. Farinello war vor Erstaunen ganz sprachlos, da klopfte der blaue Vogel ans Fenster: »Tock! Tock! Farinello! Farinello!«

Er ging öffnen.

»Mit diesem Schlüssel kannst du den Stall öffnen, in dem dein Esel versteckt ist, faß Mut und mach dich auf den Weg.«

»Na, und wie soll ich denn die Stalltür finden?«

»Hier hast du einen Grashalm, der dich führen wird,

aber paß gut auf, man wird dich schlagen, ohrfeigen, dir ins Gesicht speien, aber mach dir nichts daraus und wende dich niemals um.«

Der Vogel verschwand, und der Grashalm fing an, sich vorwärts zu bewegen. Er hielt erst an, als sie den Stall erreichten, in welchem der Esel gefangensaß.

Farinello probierte den Schlüssel, und die Tür ließ sich unverzüglich öffnen.

Die Räuber standen um den Esel herum und sammelten sorgfältig alles auf, was diesem hinten herausfiel.

Farinello stürzte los, und trotz der Schläge, mit denen er überhäuft wurde, bemächtigte er sich seines Tieres und konnte sich zu guter Letzt vor den Räubern in Sicherheit bringen.

Im Besitz des Goldesels, gedachte der Jüngling nun, den Weg zu seinem Heimatort einzuschlagen.

Die Mutter erwartete ihn schon.

»Liebe Mutter, meine liebe Mutter, wir sind reich, reich, reich! Künftig werden wir in einem schönen Palast wohnen, Kutsche und Diener haben.«

»Mein armes Kind, ich glaube gar, du täuschst dich, denn ich sehe deine Kleider zerrissen, dein Gesicht abgemagert, und als ganze Ausrüstung hast du nur einen Esel.«

»Gleich werdet Ihr Eure Ansicht ändern.«

Farinello zog den Korkpfropfen heraus und sammelte gleich darauf eine stattliche Anzahl Goldstücke auf.

»Pscht, pscht«, flüsterte die Mutter, »dieses Gold macht zuviel Lärm, schließen wir Tür und Fenster, daß niemand diese schönen, nagelneuen Goldstücke fallen hören kann.«

Ein Jahr darauf war für Farinello ein prächtiger Palast errichtet, er war der Reichste des Landes, und ein jeder sagte: »Ach, wie ist Farinello glücklich.«

Aber so sehr man es auch von ihm dachte, der gute Jüngling war weit davon entfernt.

Eines Tages sprach er zu seiner Mutter: »Ich werde mich wieder auf den Weg machen, um meine beiden Brüder zu suchen, zweifellos haben sie kein Glück gehabt und wagen es nicht, in Armut nach Hause zurückzukehren.«

»Gut, mein Kind, geh.«

Farinello brach auf.

Nun hatte die alte Frau einen Gevatter, und dieser kam einmal zu ihr und fragte sie: »Gevatterin, erklärt mir doch, wie seid Ihr in so kurzer Zeit zu solchem Reichtum gelangt? Das verstehe ich nicht.«

»Euch würde ich es sagen, aber mein Sohn hat es mir verboten.«

»Ihr wißt doch, wenn es ein Geheimnis zu wahren gilt, kann ich schweigen wie ein Grab, da könnt ihr mir vertrauen.«

»Weil Ihr es seid, mein Freund, will ich Euch zufriedenstellen, doch ich bitte Euch, laßt niemandem gegenüber auch nur ein Sterbenswörtchen verlauten.«

»Auf mein Schweigen könnt ihr Euch verlassen.«

»All unsere Reichtümer kommen von einem Esel, der nicht wie andere Tiere Mist, sondern statt dessen nur Gold macht.«

»Meiner Treu, das ist ein Wunder, und wenn Ihr es nicht wärt, Gevatterin, würde ich behaupten, daß das der größte Schwindel ist, den man sich nur ausdenken kann.«

»Heute abend bei Einbruch der Nacht könnt ihr Euch mit Euren eigenen Augen davon überzeugen, daß ich die reine Wahrheit gesprochen habe.«

Als die Dämmerung hereinbrach, legte sich der Gevatter auf die Lauer, doch an Stelle von Goldstücken ließ das Tier Eselsmist auf die Nase des Neugierigen, der zu dicht herangekrochen war, klatschen.

»Oh, diese Elende hat sich über mich lustig gemacht!« schrie der Gevatter wutentbrannt, und flugs versetzte er seiner ehemaligen Freundin eine Tracht Prügel mit seinem Stock.

Die Geschichte war bald im ganzen Land herum.

In der Gegend lebte ein schlauer Räuber, der bei sich dachte: Der Esel kann sicher nicht jeden Tag Goldstücke geben, dann wäre er zu schnell erschöpft. Zweifellos muß er aber von Zeit zu Zeit welche machen, wie könnte man sonst diesen plötzlichen Reichtum Farinellos erklären?

Der Räuber beschloß also, sich den Goldesel zu verschaffen. Weil er aber nicht zu ihm gelangen konnte, ohne von der Mutter Farinellos bemerkt zu werden, tötete der Schurke sie kurzerhand und floh mit dem kostbaren Tier.

Vorher hatte der gerissene Gauner jedoch an die Haustür geschrieben: »Niemand braucht zu klopfen, ich bin verreist.« Doch der Räuber wurde in seiner Erwartung enttäuscht. Sechs Monate lang belauerte er den Esel, und niemals erhielt er auch nur das allerkleinste Goldstück.

»Es hat sich gezeigt«, stellte er eines Tages fest, »daß sich dieses dumme Tier durch nichts von seinen Artgenossen unterscheidet. Wozu es länger behalten?«

Und der Räuber stieß den Esel in einen Abgrund.

Was war inzwischen aus Farinello geworden?

Nach langem Umherirren kam ihm endlich sein treuer blauer Vogel zu Hilfe: »Farinello, folge mir, ich werde dich dahin führen, wo deine Brüder sind.«

Der Jüngling ging ihm nach und kam zu der Höhle der Räuber, die gerade nicht da waren. Man kann sich die Freude der drei Brüder vorstellen, wieder zusammenzusein.

»Kommt, wir müssen fort!« rief der Jüngste. »Wir sind reich und brauchen nichts mehr.«

»Und alle die Schätze, die wir hier bewachen?«

»Belastet euch nicht damit, ich versichere euch, daß wir sehr, sehr reich sind.«

Die drei Brüder machten sich auf den Heimweg. Zu Hause angekommen, klopften sie an die Tür, doch niemand antwortete.

»Seht ihr denn nicht, daß eure Mutter verreist ist?« riefen die Nachbarn.

Die drei Brüder brachen die Tür auf und vergewisserten sich zuerst, ob der Esel noch an seinem Platz sei, aber dort fanden sie ihn nicht.

Unsere Mutter hat ihn vielleicht mitgenommen, dachte Farinello.

Doch leider wurde er eines Besseren belehrt, in einer Ecke fand er die alte Frau, von Würmern halb zerfressen.

Die drei Brüder waren tief betrübt, sie ließen ein aufwendiges Begräbnis veranstalten und zum Zeichen der Trauer ihren Palast schwarz ausschlagen.

Nach und nach legte sich ihr Schmerz, und jeder von ihnen heiratete eine hübsche Frau. Sie hatten viele Kinder und lebten lange Zeit glücklich.

Geschichte, Geschichtchen,
erzählt die eure,
denn die meine ist zu Ende.

Erzählt von Giuseppe Ortoli aus Olmiccia

Die Fee vom Rizzanese

Vor langer Zeit lebte eine Fee beim Olivenhain Tolone. Sie war schöner als der Tag. Ihre Grotte hatte sie im Tal des Rizzanese. Oftmals sah man sie des Morgens herauskommen, ihre Wäsche zu waschen, und die Mär ging, daß sie die Gattin desjenigen würde, dem es gelänge, sie an den Haaren festzuhalten.

Eines Tages wollte die Fee wieder waschen. Sie verließ den Fluß und wusch den ganzen Morgen lang, dann breitete sie die Wäsche in der Sonne aus und setzte sich auf einen Stein, um auszuruhen.

Einer aus der Familie Poli kam gerade dort vorbei, und als er die Fee bemerkte, dachte er bei sich: Wenn ich es schaffen könnte, ihre Haare zu greifen, welches Glück, dann wäre sie mein.

Leise, so leise er konnte, schlich er seitwärts an die Fee heran. Plötzlich packte er ihre goldblonden Haare und rief: »Endlich! Gefangen bist du! Du gehörst mir!«

»Laß mich frei, ich bitte dich, laß mich frei.«

»Nein, du wirst meine Frau.«

»Wenn du auf mich verzichtest, werde ich dir alle Schätze geben, die du dir vorstellen kannst, ich werde dich zum König machen.«

»Nein, du mußt meine Frau werden.«

»Du hast mich besiegt, so werde ich deine Gefährtin, doch hab acht: Versuche niemals, meine nackten Schultern zu sehen, sonst verschwinde ich im selben Augenblick.«

Poli führte die Fee nach Olmiccia und feierte eine prächtige Hochzeit. Seit dieser Zeit war die Fee traurig, sie aß nicht mehr, und niemals sah man sie lächeln. Fast nie verließ sie das Haus. Wenn sie durch das Dorf ging, hielt sie den Kopf gesenkt, als schäme sie sich.

Dennoch wurden der Fee drei Jungen und drei Mädchen geboren, die sie selbst nährte und von ganzem Herzen liebte.

Eines Nachts fragte Poli seine Frau: »Sag mir doch, warum willst du niemals dein Hemd ausziehen? Warum hinderst du mich, deine Schulter zu sehen, die doch gewiß sehr schön ist?«

»Hüte dich davor, sonst werde ich für dich augenblicklich tot sein.«

Dieses neue Verbot fachte mehr als zuvor die Neugierde des Mannes an.

Was kann an ihrer Schulter schon so Merkwürdiges sein? Nichts! Ich glaube, sie rächt sich nur ein wenig, weil ich sie zur Ehe gezwungen habe.

Am folgenden Morgen, als seine Frau noch schlief, deckte Poli ihre Schulter auf.

Ein schriller Schrei war zu hören, und die Unglückliche sprach unter Tränen zu ihrem Mann: »Du wolltest meine Schulter sehen, hier, sieh sie dir an, aber es wird dein Unglück sein. Sieh das Loch, das sich dort befindet, es ist voller Knochen. Das ist das Skelett unserer Liebe, die du gerade vernichtet hast. Ach, du Unglücklicher. Ach, ich Unglückliche. Warum hast du nicht auf mich gehört?«

»Oh, verzeih mir, verzeih mir.«

»In wenigen Augenblicken werde ich verschwinden. Wir haben sechs Kinder, sag mir, welche möchtest du behalten, die Jungen oder die Mädchen?«

»Gib mir bitte die Jungen.«

»Nimm sie also, aber wisse, daß es niemals, solange dein Geschlecht dauert, mehr als drei Oberhäupter in deiner Familie geben wird.«

Mit diesen Worten verschwand die Fee, und Poli war verzweifelt. Viele Male, früh und spät ging er zur Grotte des Rizzanese, doch nie bekam er seine Frau oder seine Töchter zu Gesicht.

Seit dieser Zeit gab es, wie die Fee vorausgesagt hatte, nie mehr als drei Oberhäupter in der Familie Poli.

Was die Fee und ihre Kinder anbelangt, so verließen sie zweifellos die Meerenge und zogen sich nach Sardinien zurück.

Erzählt von Teresina Ortoli aus Olmiccia

Die verliebte Fee

In der Zeit, als die Tiere sprechen und die Steine laufen konnten, lebte eine Fee. Sie war schön und voller Mitgefühl für die Unglücklichen, gleichzeitig verfügte sie über mächtige Zauberkraft.

Jedoch konnte diese Fee die Grotte, in der sie wohnte, immer nur für drei Tage verlassen. Blieb sie nur eine Stunde länger fern, verlor sie alle Macht.

Eines Morgens, als die schöne Zauberin sich, hundert Meilen von ihrer Behausung entfernt, erging, begegnete sie einem Schäfer, der seine Tiere weidete. Er war so schön anzusehen und spielte so herrlich auf seiner Hirtenflöte, daß die Fee sich Hals über Kopf in ihn verliebte.

»Schöner Schäfer, bist du glücklich?«

»Ich bin es, schöne Frau.«

»Wünschst du dir nichts?«

»Nein, ich habe alles, was ich brauche.«

»Schöner Schäfer, gefalle ich dir?«

»Ich habe niemals eine Frau gesehen, die sich mit Euch messen könnte.«

»Wenn das so ist, möchtest du mich heiraten?«

»Mit Vergnügen.«

»Dann steck diesen Ring an deinen Finger, und wir gehören zusammen.«

Ohne Zaudern gehorchte der Schäfer, und statt in seine Kleidung aus grobem Tuch war er im Augenblick in kostbare Gewänder, vornehm wie ein Prinz gekleidet.

»Nun höre«, sprach die Fee, »ich wohne sehr weit entfernt. Hier ist ein Wagen mit geflügelten Pferden, steig ein, und wir fahren los.«

»Gebt mir einige Tage, damit ich meine Mutter sehen und sie ein letztes Mal umarmen kann.«

»Es sei, aber zögere nicht zu lange, in drei Tagen werde ich dich erwarten. Dieser Wagen wird dich von selbst in den Palast bringen, den ich vorbereiten werde.«

Darauf küßte die Zauberin den Schäfer und verschwand.

Jener nun wandte sich heimwärts. Unterwegs begegnete er der Königin des Landes, und da er ihr so gut gefiel, sprach sie ihn also an: »Schöner Herr, der König, mein Mann, ist tot. Möchtet Ihr mein Gatte werden?«

Der Schäfer überlegte einen Augenblick lang.

Die Königin war zwar nicht so schön wie die Frau, die er gerade geheiratet hatte, doch was bedeutet das schon? Er würde König sein. Das gab den Ausschlag.

»Ja«, sprach er, »ich willige ein, Euer Mann zu werden.«

Bei diesen Worten verschwanden die verzauberte Kutsche, die Pferde, und, großer Gott, der Jüngling fand sich als Elendester auf der Erde wieder. Seine Schönheit war in abscheuliche Häßlichkeit verwandelt.

»Wer ist dieses Ungeheuer?« fragte die Königin. »Schafft ihn mir aus den Augen.«

»Das ist Euer Ehemann, Frau Königin.«

»Verabreicht ihm hundert Stockschläge, wenn er so häßlich ist, kann er nicht mein Mann sein.«

Sie hatte ihre Worte kaum vollendet, als die Erde zitterte, Blitze zuckten durch die Wolken, und die beiden Eheleute wurden von einem Abgrund, der sich zu ihren Füßen auftat, verschlungen.

Die Fee hatte sich gerächt.

Erzählt von Giuseppe Ortoli aus Olmiccia

Der fröhliche Misero

Ein reicher Mann war gestorben und klopfte an die Pforte des Paradieses.

»Wer ist dort?«

»Ich, Giacomo, der reichste Mann aus Bilia.«

»Ach du! Und was willst du?«

»Ich möchte ins Paradies.«

»Du machst dich zweifellos lustig! Sag mir, hast du deine Reichtümer mit den Armen geteilt?«

»Ich habe getan, was ich konnte.«

»Du hast nicht genug getan«, versetzte Petrus und schlug die Tür zu.

Der reiche Giacomo setzte sich auf eine Bank, um auf einen günstigeren Moment zu warten.

Wieder kam einer und klopfte.

»Wer ist da?«

»Ich bin Giovanni, trotz meiner Armut habe ich mit viel Sorgfalt meine sieben Kinder großgezogen.«

»Gut, dich kenne ich, tritt ein.«

Und wieder klopfte es.

»Wer ist dort?«

»Ich bin Francesco.«

»Warum willst du ins Paradies?«

»Oh, großer Heiliger, weil ich meine Hölle schon auf Erden hatte. Zuerst heiratete ich das bösartigste Weib, das man sich vorzustellen vermag, nach einem Wutanfall ist sie gestorben. Zu meinem Unglück habe ich mich wiederverheiratet …«

»Das reicht, du hast die Hölle gesucht, als du am Leben warst, jetzt, wo du tot bist, kannst du dorthin gehen.«

»Aber ich …«

»Genug! Die Hölle ist für die, die sie begehren, und das Paradies nicht für Dummköpfe geschaffen.«

Petrus sperrte ihm die Tür vor der Nase zu.

Wiederum wurde angeklopft.

»Was gibt es noch?«

»Ich bin es, Misero, der Lebenslustige. Die Liebe zum Wein und zu den Frauen hat mich schnell zu Armut und Tod geführt!«

»Und was hast du Gutes getan, daß du in den Himmel kommen willst?«

»Ganz und gar nichts, ach doch! Jeden Morgen habe ich ein Gebet an meinen Schutzheiligen Bernhard gerichtet.«

Man holte den Heiligen, um zu erfahren, ob Misero die Wahrheit gesagt hatte. Der heilige Bernhard bestätigte, dieser habe nicht gelogen. In Glück und in Not hatte der Heilige immer seine Gebete vernommen. Dennoch, ihn wollte Petrus nicht hineinlassen.

»Niemals hast du Gutes vollbracht, heute gehst du in die Hölle.«

»Und meine Gebete? Vergeßt Ihr sie? Gestattet mir wenigstens, meine Schuhe ins Paradies zu stellen, damit ich etwas dort habe, was mein war.«

»Das erlaube ich dir gern«, erwiderte Petrus, »aber jetzt will ich dich nicht mehr hier sehen.«

Und er verschloß die Tür.

Eines Tages fühlte sich Petrus unwohl, und der heilige Antonius vertrat ihn. Misero, der um das Paradies herumstrich, bemerkte es und klopfte sogleich an.

»Wer ist dort?«

»Ich, der Reisende, den Petrus losgeschickt hat, Besorgungen zu machen.«

Der heilige Antonius öffnete die Tür.

»Ich erkenne dich aber gar nicht wieder.«

»Das ist deswegen, weil es schon lange her ist, daß ich im Himmel war, denn ich war viel unterwegs.«

»Wie kommt das?«

»Ich habe Euch doch erklärt, daß ich die Besorgungen für den heiligen Petrus erledige, und wenn Ihr mir nicht glauben wollt, seht meine Schuhe, die dort in der Ecke stehen.«

Der heilige Antonius ging nachsehen, tatsächlich, an der angegebenen Stelle fand er die Schuhe von Misero.

»Wenn es sich so verhält, kannst du hereinkommen.« Und er tat ihm die Tür auf.

Im Paradies verstand Misero nichts, er konnte weder umgraben noch weben, noch die Gärtnerei betreiben, rein gar nichts.

Man betraute ihn mit der Aufsicht über die Mädchen zwischen sechzehn und zwanzig Jahren.

Das ging einige Zeit gut, da bemerkte die heilige Margarita, daß ihre Dämchen merkwürdig dicke Bäuche bekamen.

Sie begab sich zum Herrn, und erzürnt ließ dieser Misero zu sich kommen.

»Unglückseliger, was hast du angerichtet?«

»Herr, ich habe nur das Leben, das ich auf Erden begonnen hatte, hier weitergeführt. Als Ihr mir alles fortnahmt, was ich besaß, und mich zum Ärmsten der

Menschen gemacht habt, glaubte ich, daß Ihr mich dafür im Himmel entschädigen wolltet.«

»Hochmut des Teufels! Geh fort, oder ich lasse dich davonjagen.«

»Entschuldigt bitte, aber ich glaubte, wenn man einmal im Himmel ist, kann man für alle Zeit darinbleiben.«

Der Herr rief seine Wache, und Misero wurde sofort aus dem Paradies vertrieben.

Er kehrte auf die Erde zurück, wo ihr ihn immer und überall finden werdet.

Erzählt von Signor Marini aus Porto-Vecchio

Jeder muß sterben

Es lebte einmal ein großer Gelehrter, der so vieles wußte, daß niemand auf der Welt sich mit ihm messen konnte. Nachdem er lange in Rom studiert hatte, wollte er ein letztes Mal seine Mutter wiedersehen, die schon sehr alt war und in einem weit entfernten Dorf wohnte. So machte sich der Gelehrte, sein Name war Grantesta, eines Tages auf den Heimweg.

Nach langer Wanderung begegnete ihm ein armer Alter, welcher ihn ansprach: »Wohin gehst du?«

»Was geht das dich an?«

»Laß uns ein Stück Wegs gemeinsam gehen.«

»Nicht mit so einem erbärmlichen Bettler, wie du es bist.«

»Ich bin alt, und du bist jung. Du könntest mir behilflich sein.«

»Bin ich dein Diener? Geh oder bleib, was schert mich das, weißt du nicht, daß ich der Gelehrte Grantesta bin?«

»Das weiß ich wohl, du Hochmütiger und Unbarmherziger«, rief der Bettler, der sich im selben Augenblick in einen schönen Jüngling verwandelte, »aber wisse, daß deine Wissenschaft dir zu nichts dienen wird. Du verhöhnst die Armen, verachtest die Greise, nun, ich sage dir: Du bist nicht unsterblich, und von deinem Namen wird nicht ein Hauch bleiben.«

»Was redest du da?« empörte sich der Gelehrte. »Was hast du da gesagt? Ich, sterben? Ich soll enden wie der elendeste der Menschen, der ich doch die Klügsten weit überrage? Nein, dein Urteil nehme ich nicht an. Gleich jetzt werde ich mich auf die Suche nach einer Welt machen, wo man nicht stirbt, wo alles ewig ist.«

»Grantesta, du wirst sterben.«

Aber der Gelehrte hörte ihn schon nicht mehr.

Wochenlang, monatelang war er unterwegs. An das Wiedersehen mit seiner Mutter dachte er nicht mehr.

Schließlich rastete er an einem von hohen Bergen eingeschlossenen Ort. Da sah er des Nachts in feurigen Buchstaben die Worte geschrieben: »Hier stirbt man niemals.«

»Ich habe es gefunden!« rief der Gelehrte, »endlich habe ich das heißersehnte Land entdeckt, jetzt bin ich unsterblich.«

Voller Freude bewunderte er diesen gesegneten Landstrich, wo die Fülle des Bodens nur noch von der Milde des Klimas übertroffen wurde.

Tage, Monate, Jahre gingen ins Land. Der glückliche Grantesta glaubte sich unsterblich.

Da wurde er eines Morgens von einem schrecklichen Sturm aus dem Schlaf gerissen. In diesem anmutigen und sonst so friedlichen Tal bogen sich die Bäume im Wind, nachtschwarze Wolken wirbelten am Himmel, als müsse das ganze Land untergehen.

Da, auf einmal legte sich der Sturm, der Himmel klärte sich auf, und die Sonne brach wieder in ganzer Pracht hervor.

Grantesta, von diesem raschen Wechsel noch baß erstaunt, erblickte in weiter, weiter Ferne ein unförmiges Wesen, das sich mit Blitzesschnelle näherte. Es war ein scheußliches Ungeheuer mit Adlerflügeln, Löwenhaupt und Tigertatzen.

Mit weit ausgebreiteten Schwingen kam es heran und hielt in seinen Klauen einen Kadaver, dessen Fleisch noch zuckte.

In Grantestas Nähe ließ sich das Untier zur Erde fallen, nahm ein Sandkorn auf und verschwand genauso schnell, wie es gekommen war.

Verwundert rief es der Gelehrte an: »Was treibst du abscheuliches Ungeheuer hier? Warum trägst du dieses Sandkorn fort?«

Da entgegnete ihm ein gewaltiger Felsen: »Er kommt, sein Werk der Zerstörung zu vollenden und die Trümmer dieser Gebirge in alle vier Winde zu zerstreuen. Alles dort unten wird vergehen, wenn diese Berge, deren Häupter in den Himmel ragen, so flach sind wie die Ebene zu ihren Füßen.«

»Was? All das hier ist überhaupt nicht unvergänglich?« rief Grantesta erstaunt aus.

»Nein, aber beunruhige dich nicht, glücklicher Sterblicher, Millionen und Abermillionen Jahre werden kommen und vergehen, bevor deine Augen sich dem Licht verschließen.«

»Das ist mir nicht genug. Die Ewigkeit will ich, nicht ein mehr oder minder langes Leben. Was liegt mir am Dasein, wenn diese Berge eines Tages verschwinden müssen?«

Und erneut hastete und floh der Gelehrte Grantesta

rastlos über Berge und durch Täler auf der Suche nach dem Land, wo man niemals stirbt.

Sehr lange Zeit wanderte er so umher, bis er an die Ufer eines riesigen Sees, größer als ein Meer, gelangte.

Niemals kann man Herrlicheres erträumen als diese glücklichen Ufer, wo die Blumen mehr Glanz hatten und die Bäume sich unter der Last köstlicher Früchte bis zum Zerbrechen bogen.

Als er dieses Land durchstreifte, fand Grantesta eine gewaltige Eiche, die so mächtig war, daß eine ganze Stadt in ihrem Schatten Platz gefunden hätte.

Voller Bewunderung für diese mächtige Natur verharrte er, als eine durchdringende Stimme erschallte. Ein Zweig dieses Kolosses sprach zu ihm: »Seit wann, gemeiner Sterblicher, wagst du es, deine Füße auf den Boden zu setzen, wo jedes Ding so unveränderlich ist wie die Welt?«

»Stolze Eiche, das alles hier ist also ewig?«

»Ja.«

»Nun, dann fürchte ich mich auch nicht vor dir. Du kannst mir das Leben nicht entreißen.«

Kaum hatte er diese Worte ausgesprochen, als ein fürchterliches Getöse losbrach. Blitze durchzuckten den Himmel, und lange schwarze Streifen zeigten sich über seinem Haupt. Ein schrecklicher Sturm wütete los, die Erde bebte, und in einem einzigen Augenblick wurde dieses herrliche Land verwüstet.

Grantesta fürchtete sich. Als er seine Augen flehend zum Himmel erhob, erblickte er in der Mitte eines Feuerballs einen herumwirbelnden, schrecklich anzusehenden schwarzen Vogel, der in kurzer Entfernung von ihm am Seeufer niederglitt.

Dieser Vogel nahm einen Tropfen Wasser in seinen Schnabel und wollte gerade wieder losfliegen, da sprach der Gelehrte ihn an: »Wer du auch seist, gib dem unglücklichsten der Menschen Antwort, sag mir, warum du als einziges unter den Tieren dieser Täler von diesem Wasser trinkst? Warum ist deine Ankunft so furchterregend angekündigt worden?«

»Ich bin der Bote des Todes. Alle tausend Jahre komme ich, einen Tropfen Wasser aus diesem Meer zu holen, und es steht geschrieben, daß alles, was du hier siehst, erst an dem Tag vergeht, an dem das Meer ausgeleert sein wird.«

»So hat der Baum also gelogen? Hat er mir nicht verkündet, daß den Wesen, die an diesem Ort wohnen, die Ewigkeit versprochen ist?«

»Nein, der Baum hat die Wahrheit gesagt. Die Menge Wassers, von der ich alle tausend Jahre Tropfen für Tropfen forttragen muß, ist so gewaltig, daß man sich, ohne zu lügen, für unsterblich halten kann.«

»Aber ein Moment wird kommen, wo dein letzter Flug das Zeichen meines Todes sein wird?«

»Ja.«

»Nun gut, ich will nicht sterben! Ich will deine Macht überhaupt nicht anerkennen. Sag mir, gibt es nicht einen Ort, zu dem du nicht gelangen kannst, einen Ort, wo alles ewig ist, ewig, ewig?«

»Diesen Ort gibt es, aber ich kann dir nicht sagen, wo er sich befindet.«

»Gut, ich werde ihn suchen.«

Grantesta machte sich von neuem auf den Weg.

Die Tage und Nächte nach seinem Aufbruch von den Ufern des Zaubersees ließen sich schon nicht mehr zählen, da begegnete dem Gelehrten eines Abends eine wunderschöne Frau, die ihn fragte:

»Wohin gehst du?«

»Ich suche das Land, wo man überhaupt nicht stirbt.«

»Willst du mir folgen, ich bringe dich dorthin.«

»Gern.«

Im gleichen Moment erschien eine prachtvolle, von sieben geflügelten Pferden gezogene Kutsche, und Grantesta und die Fee, denn es war eine, der er begegnet war, verschwanden in den Lüften.

»Wohin führst du mich, mächtige Zauberin?«

»Suchtest du nicht das Land, wo man niemals stirbt?«

»Gewiß!«

»Nun, dort fahren wir hin.«

»Diese Gegend, nach der ich so lange gesucht habe, befindet sich also nicht auf der Erde, und man muß den Himmel durchqueren, um zu ihr zu gelangen?«

»Ja, und niemals hättest du sie gefunden, wenn ich dir nicht zu Hilfe gekommen wäre.«

Grantesta und die Fee gelangten schließlich in das Land, wo man niemals stirbt. Dort gab es vielerlei Tiere, sanft und voller Klugheit. Auf das geringste Zeichen liefen sie herbei, und man konnte sich von ihnen in alle Gegenden dieses verzauberten Landes führen lassen.

Lange Zeit lebten Grantesta und seine Gefährtin glücklich. Jahre waren vergangen. Grantesta schienen es Tage zu sein.

Dennoch erinnerte er sich einmal seiner Mutter, und er wollte sie wiedersehen. Die Fee versuchte vergebens, ihn von seinem Vorhaben abzubringen, Grantesta wollte durchaus reisen.

»Nun gut«, gab eines Tages die Zauberin nach, »nimm dieses geflügelte Pferd, es ist das schönste, was ich habe. Geschwind wird es dich zur Erde tragen. Laß dich von ihm führen, und du wirst zu deiner Mutter gelangen und bald hierher zurückkehren können. Aber hüte dich vor allem, von deinem Pferd zu steigen, wenn du nicht auf der Stelle umkommen willst.«

Grantesta bestieg das Reittier, und schnell wie der Wind trug es ihn davon.

Nach drei Tagen und drei Nächten erreichte er die Erde und brauchte sich nur von seinem Pferd führen zu lassen, um in sein Heimatdorf zu gelangen, das sich so verändert hatte, daß er es kaum wiedererkannte. Er erkundigte sich nach seiner Mutter, niemand konnte ihm Auskunft geben, niemand hatte sie je gekannt.

»Was? Die Grantestas? In dieser Gegend gab es nie eine Familie dieses Namens.«

»Erinnert ihr euch nicht des großen Gelehrten, der noch unlängst in aller Mund war und in diesem Ort geboren wurde?«

»Ihr scherzt, guter Herr, dieser Mann hat niemals existiert.«

Tief bekümmert machte sich Grantesta auf den Rückweg zur Fee. Er ritt und ritt, bis er eines Abends auf der Rückseite eines Gebirges sieben starke Pferde erblickte, die mit Mühe einen schwer beladenen Karren zogen. Als er das schwerfällige Fahrzeug erreichte, sah Grantesta, daß dieses in eine Wagenspur geraten war, aus der es unmöglich herauskommen konnte.

»Heh! Reiter!« rief der Fahrer des Karrens, »wollt Ihr mich nicht anschieben, sonst muß ich die Nacht hier zubringen und auf jemanden warten, der zuvorkommender ist als Ihr.«

»Gern«, erwiderte Grantesta, und ohne lange zu überlegen, stieg er vom Pferd.

Doch kaum hatte er die Füße auf den Boden gesetzt, da sah er an seiner Seite das Gerippe des Todes, der seine Sense schwang und mit schneidender Stimme ausrief: »Endlich ist es mir gelungen, deiner habhaft zu werden, schon sehr lange bin ich hinter dir her. Sieh die Schuhe, die ich dabei durchgelaufen habe.«

Der Tod wies auf sein Gefährt, das mit unförmigen Schuhen vollgeladen war.

»Tod, laß mich meinen Weg fortsetzen. Was habe ich dir denn getan?«

»Was du mir angetan hast, Unglückseliger? Gibt es eine größere Beleidigung als die, meiner Macht zu trotzen?«

»Gnade! Gnade!«

»Nein, du hast schon zu lange gelebt, es ist an der Zeit, daß du stirbst.«

Die unversöhnliche Sense senkte sich über den Gelehrten, und Grantesta verschwand für immer.

Erzählt von Giorgio Ortoli aus Olmiccia

Die Mutter des heiligen Petrus

Die Mutter des heiligen Petrus war ihr ganzes Leben lang so bösartig gewesen, daß der liebe Gott sie nach ihrem Tod nicht ins Paradies lassen wollte.

Darüber war Petrus tief betrübt, er aß nichts mehr und magerte zusehends ab.

Der Herr bemerkte dies und fragte ihn: »Petrus, warum bist du denn so traurig?«

Und Petrus gab zur Antwort: »Herr, seht Ihr denn nicht all die Qualen, welche meine Mutter in der Hölle aushalten muß?«

»Darüber bin ich untröstlich, doch sie bekommt nur das, was sie verdient. Sag mir doch, Petrus, hat sie auch nur eine einzige gute Tat in ihrem Leben vollbracht? Suche, und wenn du eine einzige findest, so geringfügig sie auch sei, verspreche ich dir, sie in den Himmel zu lassen.«

Der heilige Petrus machte sich sogleich daran, das

Buch durchzublättern, in dem das ganze Leben seiner Mutter aufgezeichnet war.

So sehr er die Seiten auch drehte und wendete, er fand doch nicht die kleinste gute Tat.

Zu guter Letzt gelang es ihm, herauszufinden, daß sie eines Tages einem Unglücklichen, der vor Hunger umkam, einen Lauchstengel gegeben hatte. Triumphierend und überglücklich rannte Petrus zum Herrgott: »Herr! Herr! Sie hat einen Lauch verschenkt!«

»Gut, so soll dieser Lauch sie retten.«

Da nahm der heilige Petrus eine Lauchstange und zog sie dermaßen in die Länge, daß sie bis in die Hölle reichte. Ohne Zeit zu verlieren, krallte sich die Mutter des Heiligen daran fest. Als sie in den Himmel zu klettern begann, heftete sich erst ein Verdammter an ihre Fersen, ein zweiter folgte, dann ein dritter, vierter und so weiter. Der Lauchstengel half allen hinaufzusteigen.

Unterwegs bemerkte die boshafte Frau, daß man ihr folgte. Voller Wut trat sie mit den Füßen um sich.

»Laßt mich los! Nicht für euch hat mein Sohn diese Stange geschickt!«

»Laßt sie hinaufkommen!« rief Petrus seiner Mutter zu, »seid nicht so undankbar!«

Doch die Alte hörte nicht und ließ nicht ab, heftige Fußtritte zu verteilen, daß ja kein Unglücklicher sich mit ihr retten könne.

»Nun, Petrus«, sprach darauf der Herr, »was sagst du dazu?«

Traurig senkte Petrus das Haupt, dann ließ er den Lauchstengel los, und seine Mutter fiel in die tiefste Hölle zurück.

Erzählt von Giuseppe Ortoli aus Olmiccia

Ein kleiner Kater, der wegen seiner flinken Pfoten Pedilestu genannt wurde, sprach zu Mustaccina, der kleinen Katze mit dem stolzen Schnauzbärtchen: »Komm auf den Dachboden, dort werden wir schöne Nüsse und feine Mandeln naschen.«

Und der kleine Kater stieg mit der kleinen Katze auf den Boden.

»Mustaccina, man darf die Mandeln nicht essen, bevor man sie geknackt hat«, sagte der kleine Kater.

»Ja«, antwortete die kleine Katze, aber sie gab nicht acht, und so blieb ihr eine Mandel im Hals stecken. Die arme kleine Mustaccina muß sterben, wenn ihr Freund nicht etwas Speck holt, um ihr den Schlund einzufetten.

Pedilestu lief sogleich zum Schrank, in dem der Speck verwahrt wurde, aber er war verschlossen.

»Schrank, Schrank, öffne dich, damit ich Speck bekomme, mit dem ich den Schlund von Mustaccina einfetten kann, die an einer Mandel erstickt.«

»Geh und laß vom Schlosser einen Schlüssel anfertigen«, rief der Schrank.

Pedilestu lief zum Schlosser.

»Schlosser, Schlosser, mach mir einen Schlüssel, damit ich den Schrank öffne, in dem der Speck ist, mit dem ich den Schlund von Mustaccina einreiben muß, die an einer Mandel erstickt.«

»Gib mir Geld«, forderte der Schlosser, »wenn du keines hast, bitte den Käsehändler darum.«

»Händler, Händler«, bat Pedilestu, »gib mir Geld, daß ich es dem Schlosser bringe, damit er einen Schlüssel feilt, der den Schrank öffnet, in dem der Speck ist, mit dem ich den Schlund von Mustaccina einfetten muß.«

»Sag den Kühen, sie sollen mir viel Milch geben.«

Die Kühe waren nicht weit, und der kleine Kater bat sie: »Kühe, liebe Kühe, gebt dem Händler viel Milch, damit er mir Geld gibt, den Schlüssel zu bezahlen, der den Schrank öffnen wird, in dem sich der Speck befindet, der den Schlund der kleinen Mustaccina schmieren soll.«

»Sag der Weide, daß sie uns viel Gras gibt«, erwiderten die Kühe.

»Weide, o gute Weide, gib den Kühen viel Gras, damit sie dem Händler viel Milch geben, der mir dann Geld geben wird, den Schlosser zu bezahlen, der mir den Schlüssel zum Schrank anfertigen soll, in dem sich der Speck befindet, mit dem ich den Hals von Mustaccina einfetten muß, die an einer Mandel erstickt.«

»Bitte Gott, daß er mir Regen sende«, versetzte die Weide.

»Lieber Gott! Schick Regen, damit der Fluß der Weide Wasser gibt und viel Gras wachsen kann, welches die Kühe dem Händler viel Milch geben läßt, der mir Geld gibt, den Schlosser zu bezahlen, welcher mir den Schlüssel anfertigt, der den Schrank öffnen wird, wo der Speck eingeschlossen ist, der den Hals von Mustaccina einfetten muß, die an einer Mandel erstickt.«

Gott hatte Erbarmen mit dem unglücklichen Kater. Er schickte Regen, gleich gab der Fluß Wasser, das das Gras wachsen ließ, welches die Kühe mästete, die dem Händler Milch lieferten, der Pedilestu Geld gab, um den Schlosser zu bezahlen, der dann auf der Stelle den Schlüssel fertigte, der den Schrank öffnete.

Der Kater ergriff den Speck und eilte auf den Boden, inzwischen aber war Mustaccina gestorben.

Sehr lange Zeit beklagte Pedilestu verzweifelt den Tod seiner Freundin. Dann fing er, um sich zu rächen, die Ratten nicht mehr, die das Haus des Schlossers bevölkerten.

Diese vermehrten sich derart, daß sie eines Nachts den Schlosser verschlangen.

Da der Schlosser tot war, kaufte er keinen Käse beim Händler mehr, der dadurch ruiniert wurde.

Die Kühe wurden nicht mehr gepflegt und magerten ab, weil der Regen nicht mehr die Weide goß, die seit jenem Tag kein Gras mehr gab.

Erzählt von Rosalinda Mattei aus Zoza-di-Tallano

Wie die Leute von Bastelica nach den Riesen suchten

In alten Zeiten, lange bevor die Sarazenen Korsika überfielen, waren die Einwohner von Bastelica noch nicht so groß und stark wie heute. Man erzählt, daß damals die Mißgeburten des ganzen Landes in Bastelica zu finden waren.

Nun verstanden die Leute von Bastelica trotz ihrer offenkundigen Unterlegenheit keinen Spott, und zwischen Bastelica und den benachbarten Ortschaften tobte ein Krieg bis aufs Messer.

Immer waren die Einwohner von Bastelica die Unterlegenen und verzweifelten schier, ob sie jemals nach ihren Niederlagen wieder erstarken könnten, als eines Tages der Älteste der Ansiedlung die Glocke läuten ließ und alle Einwohner auf dem Marktplatz zusammenrief.

»Sieg, meine Freunde! Sieg!«

»Was gibt es? Was gibt es?« schrie es von allen Seiten.

»Ich habe das Mittel zum Sieg gefunden, was sage ich da, das Mittel, allen unseren verabscheuungswürdigen Feinden den Garaus zu machen.«

»Bravo! Bravo!« riefen die Leute. »Und wie?«

»Hört zu! Ihr wißt, daß eine Rasse von Riesen in Ajaccio wohnt. Nun schicken wir unsere Frauen, unsere Töchter, unsere Schwestern hin, von diesen Samen zu empfangen, dann werden wir unbesiegbar sein.«

»So ist es, das ist ein guter Gedanke.«

Bald darauf geleiteten die begeisterten Männer aus Bastelica ihre Frauen, die weich auf reichgeschmückten Maultieren saßen, nach Ajaccio.

Die Riesen lagen in der Sonne und schnarchten, ohne im geringsten zu ahnen, daß die Leute aus Bastelica sie voller Bewunderung anstarrten. Schließlich weckte man sie, und der Anführer erklärte ihnen den Grund ihrer Reise.

»Wir können nicht einfach ohne jede Entschädigung unsere Rasse dahingeben«, antworteten die Riesen. »Damit wir in das, was ihr von uns verlangt, einwilligen, müßt ihr uns die Maultiere überlassen, auf denen die Frauen, die wir schwängern sollen, gekommen sind.«

»Das ist nur recht und billig«, versetzten die Bauern, »aber wir verlangen unsererseits, während des Vorganges zugegen zu sein, damit wir auch sicher sein können, daß ihr uns nicht hintergeht.«

»Das ist noch berechtigter.«

»Also abgemacht?«

»Abgemacht.«

Jeder Riese führte eine Frau in sein Haus, damit sie im Beisein ihres Mannes oder ihres Bruders den kostbaren Samen empfangen könne. Als das nach allen Regeln der Kunst vollbracht war, kam man wieder auf dem Marktplatz zusammen.

»Seid ihr zufriedengestellt?« fragten die Riesen. »Habt ihr uns etwas vorzuwerfen?«

»Nein, ihr seid wahrhaft ehrlich und großzügig gewesen.«

»Nun, wir haben die Maultiere verdient. Aber erinnert euch gut an unsere Worte, wenn eure Frauen unterwegs Wasser lassen, ist alles verloren, und wir garantieren für nichts.«

Die Leute aus Bastelica machten sich nun zu Fuß und glücklicher als je zuvor auf den Weg. Künftig, dessen waren sie sicher, würden sie über ihre Feinde den Sieg davontragen.

Nach einigen Stunden Wegs begann ein Mädchen, sich zu beklagen: »Bruder, ich muß mal.«

»Schweig, du Unglückselige, schweig! Willst du, daß wir die Sklaven unserer Feinde bleiben?«

»Ich kann es nicht mehr aushalten.«

»Nimm dich zusammen.«

Das Mädchen aber konnte nicht an sich halten und verrichtete sein Geschäft. Die Männer wurden wütend. Schließlich ging es hier nicht um irgend etwas, sondern es bedeutete für das Dorf einen Riesen weniger.

So fielen sie über das arme Mädchen her und ließen es halbtot zurück. Diese schreckliche Rache hatte die Gefährtinnen verängstigt. Aber kurz darauf konnte eine weitere von ihnen demselben fürchterlichen Bedürfnis nicht mehr widerstehen.

Ohne lange zu überlegen, rief ihr Mann: »Töten wir sie, diese Elende, die ihr Vaterland nicht liebt!«

Doch alldem zum Trotz konnten die übrigen Frauen nicht mehr an sich halten. Die einen machten beim Gehen in ihre Schuhe, die anderen suchten tausend Vorwände, sich ihres Dranges zu entledigen. Der Züchtigung entging keine von ihnen. Die Männer aus Bastelica konnten diese mangelnde Hingebung an die öffentliche Sache nicht verzeihen.

Alle Frauen hatten ihr Bedürfnis verrichtet, bevor sie in Bastelica ankamen.

Stellt euch die Verzweiflung ihrer Ehemänner und Brüder vor. Niemals würde die Rasse der Riesen dem armen Bastelica zur Größe verhelfen. Ja, sie sahen bereits den einen oder den anderen Tag voraus, an dem Bastelica von seinen unnachsichtigen Feinden erobert und verwüstet werden würde. Und das schien um so unvermeidlicher zu sein, da alle ihre Frauen tot oder zumindest schwer verletzt waren.

Zum Zeichen der Trauer ließen die Männer ihren Bart wachsen, und sehr lange Zeit blieb ihnen nichts anderes übrig, als schweigend die Sticheleien und den Spott ihrer Feinde zu ertragen.

Armes, armes Bastelica!

Erzählt von Gian Paolo Panzani

Ein Mann aus Bastelica und sein Esel

Ein Mann aus Bastelica war eines Nachts mit seinem Esel, der eine Last Käse trug, unterwegs.

Ein heftiger Wind machte sich auf und peitschte von Zeit zu Zeit den wolkenverhangenen Himmel.

Der Bauer kam an ein Bächlein, dessen Furt er mit seinem Esel durchqueren mußte. Das Tier war durstig und wollte trinken.

Gerade in diesem Moment schob sich eine Wolke vor den Mond, und alles ringsumher war in tiefste Finsternis getaucht.

»Halt«, erschrak der Bauer, »das dumme Tier säuft den Mond weg«, und mit erhobenen Fäusten fiel er über den armen Esel her.

»Gibst du ihn wohl wieder? Los! Mach hin! Wie, du

läßt dich erst lange bitten? Du willst wohl die ganze Welt im Finstern lassen? Nun, so warte nur.«

Die Stockschläge hagelten dicht auf den Rücken des Widerspenstigen nieder. Bald hatte der Wind die Wolken vertrieben, und der Mond erstrahlte wieder in vollem Glanz.

»Ich hab' es ja gewußt, daß du ihn schließlich doch rausgeben würdest, bei solchen Starrköpfen helfen nur Stockschläge.«

Wieder verschwand der Mond.

»Immer noch? Du willst, daß ich mir auf diesen Wegen hier den Hals breche? Nun, so schwöre ich, daß ich nicht von dir ablassen und dich daran hindern werde, ihn aufzusaufen.«

Der Mann zerschlug fast den Kopf des Esels.

»Los doch, gib ihn schnell zurück, ich warte nicht länger. Also beeil dich doch!«

Das arme Tier fiel tot zu Füßen seines ›klugen‹ Herrn nieder. Da erstrahlte der Mond wieder.

»Ist das ein Glück, ich glaube, wenn ich ihn nicht umgebracht hätte, hätte er ihn niemals hergegeben. Meiner Treu, die Welt wäre in einem schönen Zustand, wenn man immer den erstbesten Dummköpfen nachgäbe.«

Glücklich und stolz über seine Heldentat, lud sich der Mann aus Bastelica die Säcke mit dem Käse auf und wandte sich fröhlich heimwärts.

Erzählt von Giuseppe Ortoli aus Olmiccia

Die drei Liebhaber von Paulina

Drei Jünglinge waren in so fester Freundschaft verbunden, daß jeder von ihnen für den anderen sein Leben hingegeben hätte. Dennoch verheimlichten diese drei etwas voreinander. Sie liebten das gleiche Mädchen mit Namen Paulina, und keiner gestand es seinen Gefährten ein.

Pedro, Carlo und Francesco schrieben am gleichen Tag an die Schöne. Diese, sie mochte keinen der drei, antwortete ihnen.

Den ersten forderte sie auf, sich um Mitternacht in den Sarg zu legen, der mitten in der Kirche stand, den zweiten, sich ganz in weiß zu kleiden und den Sarg zum Friedhof zu tragen, und den dritten schließlich, in den Beichtstuhl zu gehen und alles, was sich tun würde, mitanzuhören. Glücklich, einen Wunsch der Geliebten erfüllen zu dürfen, trafen alle zur vorausbestimmten Stunde ein.

Obwohl er am ganzen Körper zitterte, legte sich Pedro in den Sarg und wartete. Fast im gleichen Moment trat Carlo ein. Er war weißgekleidet, Schweiß lief über seine Stirn. Schon versuchte er, den Sarg auf den Friedhof zu tragen, da erschien Francesco. Wie dieser den Geist erblickte, der einen Sarg schleppte, stieß er voll Entsetzen einen fürchterlichen Schrei aus.

Daraufhin erhob sich der angebliche Tote, und der Sarg polterte geräuschvoll zu Boden. Verstört hielten sich die drei Freunde gegenseitig für Gespenster, sie verloren den Kopf und rannten verwirrt gegen Stühle und Bänke, sie stürzten, erhoben sich wieder und veranstalteten dabei einen Höllenlärm. Man hätte meinen können, die Teufel wären allesamt losgelassen. Schließlich gelang es ihnen, die Tür der Kirche zu erreichen.

Zitternd und leichenblaß krochen sie in ihre Betten. Fieber schüttelte sie und Wahnvorstellungen plagten sie derart, daß ihr Leben in Gefahr war.

Da keiner von dem Erlebnis des anderen wußte, dachten die Jünglinge unablässig aneinander.

Pedro fragte sich: Warum kommt Carlo nicht zu mir?

Und Carlo dachte: Was habe ich für falsche Freunde, Pedro und Francesco haben mich im Unglück vergessen.

Aber am unglücklichsten war Francesco, der sich nicht über die Gleichgültigkeit seiner ehemaligen Freunde hinwegtrösten konnte.

Nach und nach genasen sie und gingen am gleichen Tag zum ersten Mal aus. Carlo, Pedro und Francesco begegneten einander, aber keiner von ihnen sprach mit den anderen, im Gegenteil, sie sahen zur Seite, um nicht mit dem ehemaligen Freund sprechen zu müssen.

Nach Ablauf einer Woche schließlich fragte Francesco Carlo:

»Warum wendest du dich ab, wenn du mir begegnest? Was habe ich dir getan? Es wäre doch eher an mir, mich über deine Handlungsweise zu beklagen.«

»Wie? Warum ich wegschaue? Glaubst du denn, ich habe die Erinnerung verloren? Ich stand am Rande des Todes, und du kamst nicht, nach mir zu sehen.«

»Das ist merkwürdig, genau das habe ich dir auch vorzuwerfen. Vor genau drei Monaten wurde ich krank, und ich habe dich niemals zu Gesicht bekommen.«

»Vor drei Monaten, sagst du? Ich auch.«

»Um welche Stunde?«

»Um Mitternacht.«

»Wie ich.«

»An welchem Ort?«

»In der Kirche.«

»Genauso wie ich.«

»Sag mir, was tatest du zu so vorgerückter Stunde in der Kirche?«

»Paulina hat mich dorthin geschickt.«

»Mein lieber Freund, ich war gleichfalls auf ihren Befehl hin dort und glaube wohl, daß sie Pedro genauso mitgespielt hat.«

»Das ist sehr wohl möglich, sprechen wir mit ihm.« Die drei Freunde wußten bald, woran sie waren, und gelobten wütend, sich zu rächen.

»Sie hat ihr Spiel mit uns getrieben«, rief Pedro, »alle drei müssen wir ihr jetzt beischlafen.«

»Wie sollen wir das anstellen?«

»Das ist ganz einfach. Wenn die Nacht hereinbricht, werde ich, als Pilger verkleidet, um Gastfreundschaft bitten. Diese wird man mir nicht verweigern. Einer von euch wird mit allen möglichen Lebensmitteln aufs Dach steigen. Er wird durch das Loch im Schornstein horchen, und wenn ich rufe: ›Herr, kommt Eurem Diener zu Hilfe!‹, schickt er mir in einem Korb all das hinunter, was ich brauche. Der Rest wird gut gehen, verlaßt euch auf mich.«

Am Abend pochte ein Priester mit langem, weißem Bart an die Tür von Paulina.

»Wer ist da?«

»Ein Diener Gottes, öffnet bitte.«

Die Tür wurde geöffnet, und der Gottesknecht trat ein.

»Habt ihr für einen pilgernden Büßer ein Plätzchen an eurem Herd?«

»Aber ja, mein Vater, und alles, was Ihr braucht: Brot, Wein, Fleisch, alles.«

»Ich danke euch, gute Leute, Gott wird euch belohnen. Aber ich benötige nichts, der Herr hat es übernommen, sich selbst um meine Nahrung zu kümmern.«

»Was, Ihr erhaltet alles vom Himmel?«

»Ja, und das ist gerade die Stunde, zu der ich immer speise. Ich hoffe, daß der Allmächtige mich auch heute nicht vergessen wird.«

Der fromme Priester begann zu beten. Nach einigen Augenblicken rief er mit lauter Stimme: »Herr, Herr, kommt Eurem Diener zu Hilfe!«

Gleich kam durch den Schornstein ein Korb mit Brot, Wein, Fleisch, Kuchen und vielerlei Früchten.

Der Priester nahm es, und nachdem er Gott gedankt hatte, machte er sich ans Essen.

Paulina und ihre Mutter wunderten sich.

»Ist das Euer gewohntes Abendessen, heiliger Mann?«

»Ja, weshalb?«

»Gott behandelt Euch nicht schlecht.«

»Das alles ist noch gar nichts. Sein Geist verläßt mich niemals, und gestern hat mir ein Vogel verkündet, daß die erste Frau, die mir beiliegt, einem Papst das Leben schenkt, der das Licht der Kirche werden soll.«

»Und Ihr habt noch mit keiner geschlafen?« begehrte die Mutter Paulinas zu wissen.

»Nein, ich suche eine heilige Frau, die noch Jungfrau ist, damit ich sie belohnen kann, wie sie es verdient.«

»Mein Vater!«

»Was?«

»Habt Ihr irgend etwas an uns auszusetzen?«

»Nein, ganz im Gegenteil.«

»Wenn Ihr also meine Tochter nicht zu dürftig findet, der Christenheit einen großen Papst zu geben, bitte ich Euch, erweist uns diese Ehre.«

»Gute und heilige Frauen, ich sehe, der Geist Gottes

ist auch in euch, aber ich muß nachts dreimal aufstehen, um zum Herrn zu beten.«

»Das macht nichts, selbst wenn Ihr Euch viermal erheben müßtet.«

»So sei es; auch benachrichtigte mich Gott, es soll Paulina sein, der diese Ehre vorbehalten ist.«

»Ihr kennt auch den Namen meiner Tochter, heiliger Mann?«

»Ich weiß alles: die Vergangenheit, die Gegenwart, die Zukunft.«

Kurz darauf ging Paulina, glücklich, einen Papst empfangen zu dürfen, zu Bett. Die Nacht war noch nicht weit vorgeschritten, als Pedro sich erhob.

»Ich muß jetzt aufstehen, meine Tochter, die Stunde meines Gebets ist gekommen.«

»Geht, mein Vater.«

Leise öffnete der Jüngling die Tür für Carlo, der hereinkam und Pedros Platz einnahm.

»Meine Tochter, unser Vergnügen soll uns nicht vergessen lassen, Gott anzurufen.«

»Geht, aber kommt schnell zurück.«

Carlo ging hinaus, und Francesco trat ein.

Er blieb bis zum Morgen, dann sprach er: »Meine Tochter, die dritte dem Gebet geweihte Stunde ist gekommen.«

»Geht, ich werde auf Euch warten.«

Doch niemand kehrte zurück, und Mutter und Tochter glaubten, daß der heilige Priester, nachdem er sein Werk auf Erden vollbracht hatte, in den Himmel gekommen sei.

Einige Zeit später gab es ein großes Fest im Land. Auch Paulina ging, strahlend vor Freude, dorthin, denn sie war sicher, daß sie einen Papst zur Welt bringen würde.

Dort begegnete sie Carlo, der sie fragte: »Nun, Paulina, der Papst … ist er schon unterwegs?«

Das Mädchen errötete.

Kurz darauf sprach sie Pedro mit den Worten an: »Zauberhafte Paulina, ist der Papst bereits geboren? Wächst er schnell?«

Die arme Kleine wurde ganz bleich, aber sie hielt ihre Erregung zurück, denn noch zweifelte sie an ihrem Unglück.

Diese Hoffnung war jedoch nur von kurzer Dauer. Francesco kam vorbei und bemerkte seinerseits: »Was? Ganz allein? Und der kleine Papst, der eine der Leuchten der Kirche sein wird, ist wohl noch nicht auf die Welt gekommen?«

Diese Worte ließen das Mädchen den ganzen Umfang ihres Unglücks und der Rache, deren Opfer sie geworden war, erkennen. Da sie eine solche Schande nicht ertragen konnte, stieß sie einen herzzerreißenden Schrei aus und stürzte wie vom Blitz getroffen zu Füßen Francescos nieder.

Erzählt von Signora Marini aus Porto-Vecchio

Die neugierige Frau

Mariana, das geschwätzigste Mädchen aus Pieva, hatte endlich geheiratet. Na, werdet ihr sagen, ein schwatzhaftes Mädchen, welches heiratet, ist so selten nicht, so etwas sieht man täglich.

Ja, da habt ihr recht, aber außerdem hatte Mariana noch einen anderen Fehler, sie war neugierig, oh, so über alle Maßen neugierig, daß es ihr großes Unglück brachte.

In der Hochzeitsnacht erhob sich Mariana unvermittelt und öffnete das Fenster, um zu sehen, wie viele junge Leute ihr die Serenade sangen.

Einige Tage später trug Buvetto, der Ehemann, ihr auf: »Ich gehe arbeiten, mach, daß wenigstens die Suppe fertig ist, wenn ich zurückkomme.«

»Sie wird fertig sein«, erwiderte Mariana.

Aber das Wasser stand noch nicht auf dem Feuer, da hörte sie auf dem Marktplatz einen Streit.

»Ach, mein Gott, wer schreit da so? Ich glaube, das ist die alte Piedigialla.«

Mariana beeilte sich, an den Kampfplatz zu gelangen. Sie wäre untröstlich gewesen, hätte sie nicht einige Worte beitragen können.

Am Mittag kam Buvetto.

»Ist die Suppe fertig?«

»Die Suppe? Nein, ich hatte gerade soviel Zeit, das Feuer anzuzünden. Ach, weißt du, was sich die Piedigialla und die Murichetta alles an den Kopf geworfen haben? Sie hatten sich in den Haaren, und ...«

»Ich frage dich, ob die Suppe fertig ist.«

»Aber mein Lieber, ich hatte keine Minute Zeit. Ich habe dir doch schon erzählt, daß die Piedigialla ...«

»Laß mich mit diesem Altweiberzank in Frieden. Das nächste Mal, wenn ich Suppe essen will, wirst du dich bemühen, mir welche zu kochen.«

»Heute abend wirst du ganz gewiß Suppe bekommen.«

Als Mariana gegen ein Uhr die Kartoffeln schälte, hörte sie den Klang von Trommeln, Hörnern, Flöten und vielen anderen Instrumenten.

Ach, das ist hübsch, dachte die Jungverheiratete, hatte im Augenblick die Suppe und alles Übrige vergessen und eilte die Treppe hinunter, um die Musikanten zu sehen.

Anscheinend gefiel Mariana die Musik sehr, denn als die Nacht hereinbrach, war sie immer noch nicht daheim.

Als Buvetto nach Hause kam, suchte er sie vergebens.

Wo könnte sie sein? überlegte er, und dann wartete er wütend.

Sie ließ auch nicht lange auf sich warten.

»Woher kommst du?«

»Oh, mein armer Buvetto, wie ich dich bedaure! Es tut mir wirklich leid, daß du die Musik nicht hören konntest. Zuerst wurde ein Marsch gespielt, der die Steine hätte zum Tanzen bringen können, dann ...«

»Ich werde dich gleich tanzen lehren, warte nur.« Buvetto begann, sich allen Ernstes zu ärgern, bis Mariana versprach, das Haus nicht mehr zu verlassen und in ihrem Haushalt zu arbeiten.

Jedoch vergaß die neugierige Frau ihr Versprechen sehr oft.

Ihr Mann war schon ganz verzweifelt.

Eines Tages bat er seinen Nachbarn um Rat, was er tun könnte.

»Wenn es nur das ist?« versetzte jener. »Zieh sie splitternackt aus, lass ihr weder Kleid noch Hemd, noch irgend etwas, womit sie sich verhüllen könnte. Nimm auch die Vorhänge von den Fenstern, die Laken aus dem Bett und schließe alles doppelt und dreifach weg. Dann wird sie wohl genötigt sein, sich um dein Abendbrot zu kümmern.«

»Nun gut, ich werde das befolgen«, sagte Buvetto. Daheim trug er seiner Frau auf: »Heute abend möchte ich Nudeln essen, stell dich also darauf ein und arbeite gut.«

Mariana versprach es, aber Buvetto hielt es doch für klüger, sie sich entkleiden zu lassen und, wie sein

Freund ihm geraten hatte, die Bettücher und Vorhänge zu verstecken.

Entschlossen, Nudeln zu kochen, begann Mariana, ihren Teig zu kneten. Daraus rollte sie große Fladen und legte sie zum Trocknen. Plötzlich hörte sie vom Platz her Geschrei.

»Haltet ihn! Haltet ihn! Das ist ein Dieb!«

Das muß einer aus ... sein, dachte die junge Frau, oder vielleicht auch nicht?

Der Zweifel quälte sie, sie lief zur Tür, fand diese aber verschlossen. Was tun, um hinauszukommen?

Da schoß ihr ein seltsamer Einfall durch den Kopf.

»Bah, man muß sich nur zu helfen wissen.«

Die Neugierige bedeckte sich mit den Teigfladen, die sie gerade ausgerollt hatte, und verband diese gut miteinander, damit sie nicht verrutschen konnten. Dann befestigte sie einen Strick am Fenster und stieg auf dieser neuen Treppe hinunter.

Schnell gelangte sie an den Ort, woher sie die Schreie gehört zu haben glaubte, doch sie fand dort nur junge Leute, die Lotto spielten. Als diese sie in ihrem Aufzug erblickten, hatten sie nichts Eiligeres zu tun, als ihr die Nudelfladen wegzunehmen.

Die arme Frau befand sich nun ... Ihr erratet wie, nicht wahr?

Da sie ihre Neugierde entdeckt sah, wollte Mariana nach Hause entwischen, aber die Menge hinderte sie am Entkommen, umgab sie, und ganz beschämt fing sie an zu schreien.

Das lockte die übrigen Einwohner herbei, und jeder sah das reizende Schauspiel mit an. Meiner Treu, sie war wirklich gut gebaut, und Buvetto hätte sich sehr glücklich fühlen müssen.

Einige mindest ebenso neugierige und geschwätzige

Gevatterinnen wie Mariana befreiten sie zu guter Letzt, und diese kehrte auf dem gleichen Weg wie zuvor nach Hause zurück.

Kurz darauf kam Buvetto heim und verlangte Nudeln.

»Ach, mein Freund, du hast wirklich kein Glück. Ich hatte schon begonnen, den Teig auszurollen, als ich plötzlich jemanden rufen hörte: ›Haltet den Dieb! Haltet den Dieb!‹«

»Die Nudeln sind also noch nicht gekocht?«

»Du begreifst doch, daß ich nicht bleiben konnte, ohne zu wissen, worum es sich handelte, und weil ich ganz nackt war, habe ich die Nudelteigfladen wie ein Kleidungsstück benutzt, dann ...«

»Du hast die Teigfladen als Bekleidung benutzt?«

»Ja, ich bin aus dem Fenster gestiegen und ...«

»Genug.«

Buvetto ergriff einen Strick und verprügelte seine Frau derartig, daß sie wie tot zu Boden stürzte.

Danach hieß er sie sich ankleiden und brachte sie zu ihren Eltern zurück.

»Hier«, sprach er, »ich bringe eure Tochter wieder. Sie selbst wird euch erklären, warum ich sie hierhergeführt habe. Vielleicht seid ihr glücklicher dran als ich, und es gelingt euch, sie von ihrer allzugroßen Neugierde zu kurieren. In jedem Fall werde ich nur dann einwilligen, sie zurückzunehmen, wenn sie diesen häßlichen Fehler abgelegt hat.«

Aber Mariana kehrte nie wieder zu Buvetto zurück, und ihr werdet erraten, warum.

Erzählt von Giuseppe Ortoli aus Olmiccia

Der betrogene Betrüger

Ein Mann war gestorben und hinterließ seinem Sohn, der wegen seines grindigen Aussatzes Tignosello gerufen wurde, große Reichtümer.

Trotz seines Gebrechens führte dieser ein fröhliches Leben und gab das Geld mit vollen Händen aus. Doch bestehlen lassen wollte er sich nicht.

Folgende Geschichte hat der Großvater meines Großvaters bei meiner Geburt erzählt: Im August, die Mahd war gerade beendet, füllte Tignosello fröhlich seine Speicher, da erhielt er eines Tages den Besuch des Herrn Pfarrer.

»Wie«, hub jener an, »du bist so reich und läßt deinen Vater im Fegefeuer stöhnen? Sei ein guter Sohn und laß ihn in den Himmel steigen.«

»Was? Kann ich denn etwas dafür tun, Herr Pfarrer?«

»Dummkopf, weißt du denn nicht, daß man mit Geld alle Türen, sogar die des Paradieses, öffnen kann?«

»Ich bin sehr glücklich, das erfahren zu haben.«

»Gib mir zwanzig Scheffel guten Korns, und ich werde es übernehmen, deinen Vater innerhalb von vierundzwanzig Stunden in den Himmel zu schicken.«

»Einverstanden, Herr Pfarrer, nur ...«

»Was nur?«

»Ich möchte ihn aus dem Fegefeuer kommen und ins Paradies aufsteigen sehen.«

»Wenn es weiter nichts ist, komm morgen mit der angegebenen Menge Getreide, und du kannst sicher sein, daß du damit zufriedengestellt wirst.«

Tignosello war pünktlich. Als er mit zwanzig Scheffel Weizen auf das Haus des Pfarrers zukam, lief dieser sogleich herbei.

»Nun, da bist du also! Schön, daß du ein liebevoller

und ergebener Sohn bist … Aber lade dein Tier ab und leere die Säcke.«

»Sofort, aber erinnert Euch, Ihr habt versprochen, mich sehen zu lassen, wie mein Vater in den Himmel steigt.«

»Das stimmt.«

Der Pfarrer holte ein altes, staubiges Buch, in dem so viel Latein stand, daß keiner es verstand.

»Stell deinen Fuß auf den meinen und paß gut auf.«

»Ich bin bereit, Ihr könnt anfangen.«

Der Pfarrer machte einige Male das Zeichen des Kreuzes, rief Gott, die Engel, die Seelen und die Geister an und sprach dann zu Tignosello: »Die Nachricht ist soeben angekommen. Dein Vater erhebt sich und verabschiedet sich von seinen Freunden, jetzt ist er auf dem Weg. Siehst du ihn, Tignosello?«

»Ich sehe nicht sehr gut.«

»Tritt fester zu.«

»Dort ist er, ich sehe ihn. Wie er sich verändert hat!«

»Warte noch etwas, ich lese weiter … ach, ach! Du zerquetschst mir den Fuß!«

»Damit ich besser sehen kann, Herr Pfarrer.«

»Das macht nichts, etwas sanfter … jetzt ist er auf dem Weg zum Himmel, er klopft an die Tür des Paradieses. Hörst du? Er klopft.«

»Wartet, ich muß zutreten.«

»Heilige Jungfrau! Tignosello, tritt nicht so heftig!«

»Ich sehe alles.«

»Petrus öffnet ihm die Tür, er spricht mit ihm.«

»Ich weiß nicht, was er ihm sagt.«

»Ach! Ach! Nicht so doll! Nicht so doll! Doch, warte, jetzt ist er eingetreten.«

»Ich danke Euch, Herr Pfarrer, dafür werde ich Euch ewig dankbar sein.«

Tignosello nahm den Zügel seines Pferdes und wollte sich heimwärts wenden.

»Heh! Aber was machst du da? Du nimmst das Getreide wieder mit?«

»Ja, Herr Pfarrer.«

»Hast du mir nicht zwanzig Scheffel davon versprochen, wenn ich deinem Vater in den Himmel verhelfe?«

»Ja, aber ist mein Vater dort?«

»Gewiß, hast du ihn nicht gesehen?«

»Nichts habe ich gesehen, doch ich glaube Euch aufs Wort. Gott befohlen, Herr Pfarrer.«

»Oh, du schlechter Christ, ich werde dich exkommunizieren lassen, ich werde deinen Vater aus dem Paradies jagen lassen.«

»Meinen Vater kenne ich zu genau, wenn er sich dort wohl fühlt, wird er sich nicht vertreiben lassen. Guten Abend, Herr Pfarrer.«

»Wieder einer, der mir entwischt«, dachte der Pfarrer, »aber ich werde mich schon entschädigen.«

Erzählt von Gian Paolo Panzani

Die sechs Brüder

Ein Vater hatte sechs Söhne. Fünf gingen splitternackt, der sechste ohne Kleidung.

Als seine Kinder herangewachsen waren, sprach der Vater eines Tages: »Gehen wir in die Stadt, Gewehre kaufen.«

Beim Händler angekommen, forderte er sie auf, sich Gewehre auszusuchen. Fünf Söhne wählten Gewehre ohne Lauf, der sechste eines ohne Hahn. Auf dem Rückweg in ihr Dorf liefen den Käufern sechs schöne Hasen über den Weg.

Bei ihrem Herannahen ergriffen fünf Tiere rasch die Flucht, das sechste entwischte voller Furcht.

»Laufen wir hinterher, bei Gott, was sind die fett!«

Sie durchstöberten den Wald und das Unterholz.

Wie sie überall herumsuchten, fingen sie zu guter Letzt fünf und schnappten den sechsten.

»Welch guter Fund, heute werden wir eine gute Mahlzeit bereiten.«

Zu Hause angelangt, trug der Vater seinen Kindern auf: »Geht zu unseren Nachbarn und erbittet sechs Pfannen, damit unsere Hasen bald gar sind.«

Kurz darauf kamen die jungen Leute zurück, sie brachten fünf durchlöcherte Pfannen und eine sechste ohne Boden.

»So ist es gut.«

Fröhlich legte der Vater in jede Pfanne einen Hasen, dann entfachte er ein großes Feuer, damit sie bald essen konnten.

Gegen Mittag wollte der Älteste, der großen Hunger hatte, sehen, ob die Hasen gar seien. Er hob den Deckel an, da sprang ihm ein Knochen ins Gesicht und schlug ihm ein Auge aus.

Stellt euch sein Geschrei vor. Sofort eilten der Vater und die Brüder herbei.

Wie sie sahen, daß der Bedauernswerte blutete, holten sie sechs Ärzte herbei, von denen fünf außerordentlich dumm waren und der sechste rein gar nichts verstand.

Nach langem Streit wurden die ehrwürdigen Ärzte endlich über die Krankheit des armen Jünglings einig und erklärten einstimmig, daß er krank sei.

Danach verlangten sie, daß man den Patienten in sein Bett lege.

»Ist es jetzt zu Ende?«

Nein, aber wenn ich weiterspreche, könnte ich den Verletzten wecken, wartet, bis er geheilt ist, dann werdet ihr das übrige erfahren.

Erzählt von Signor Marini aus Porto-Vecchio

Giovanni, der Eremit

Giovanni, der Eremit, hatte sich in einen Wald zurückgezogen, wo er von allen, außer von Gott, abgesondert lebte.

Da er immer nur betete, war der arme Mann so mager geworden, daß man seine Knochen hätte zählen können. Jedoch ermangelte es dem heiligen Mann an nichts, die Bewohner des Landes brachten ihm alle Arten Lebensmittel.

»Wenn er sich nicht das, was man ihm bringt, zunutze machen will«, sagten sich Diebe, »werden wir es ihm stehlen. Aber da er eine heilige Person ist, werden wir ihm kein Leid zufügen.«

Eines Tages also nahmen die Gauner allerlei Musikinstrumente, der eine eine Flöte, der andere eine Harfe oder eine Geige.

»Welch himmlisches Konzert können wir damit veranstalten«, sprachen sie unter sich, und schon waren sie auf dem Dach der Hütte des heiligen Eremiten und sangen im Chor:

»Giovanni, du guter Giovanni,
Herr Jesus schickt nach dir,
wirf, was du besitzt, hinaus,
dann steige in den Himmel auf.«

Wie er diese von einer so hübschen Musik begleiteten Stimmen vernahm, glaubte Giovanni, daß der Herrgott, von seiner dauernden Buße bewegt, ihn in den Himmel holen wolle. Er beeilte sich also zu gehorchen und warf seine ganze Habe hinaus.

Sowie er sie vor seine Hütte stellte, zog ein geschickter Dieb alles nach oben, so daß Giovanni an ein zweites Wunder glaubte.

Als nichts mehr in der Hütte geblieben war, wollten die vermeintlichen Engel etwas zum Lachen haben und begannen zu singen:

»Giovanni, du guter Giovanni,
das läßt dir der Herr Jesus sagen:
Tanze draußen ohne Kleider
und dann steige in den Himmel.«

Was für eine merkwürdige Idee des Herrn, dachte der Eremit, doch da er sich von Gott auf die Probe gestellt glaubte, warf er seine Kleider ab und begann, so gut er konnte, zu tanzen, wobei er sich der Zeit seiner Jugend erinnerte.

Indessen machten sich die Diebe davon, die alles, was sie wollten, bekommen hatten, und lachten aus vollem Halse.

Was Giovanni anbelangt, so tanzte er, tanzte lange Zeit, aber die Engel kamen ihn nicht holen.

»Der Herr macht sich über mich lustig«, sagte sich der Heilige, »und ich weiß wahrhaftig nicht, warum er mich tanzen läßt, wo er doch weiß, daß ich alt und krank bin.«

Darauf überwältigte ihn die Müdigkeit, er ging in seine Hütte, wo er sogleich in tiefen Schlaf fiel.

Aber, so mäßig Giovanni auch immer gelebt hatte,

am nächsten Morgen knurrte sein Magen gewaltig. In seiner Behausung war ihm nichts mehr geblieben, da die Engel einschließlich seiner Kleider alles emporgenommen hatten. Was tun?

Er beschloß, um Almosen zu bitten.

Ganz nackt, fragt ihr? Ja, ganz nackt. Welche Frau würde auch ein Auge auf einen armen, alten und abgemagerten Mann wie ihn werfen? So wenigstens dachte der gute Mann.

Giovanni machte sich auf den Weg.

Unterwegs traf er ein Mädchen, das bei seinem Anblick schreiend davonlief.

»Teufel! Teufel!« sagte sich der Heilige, »es scheint, daß ich noch Eindruck mache. Jedoch wenn jeder so schnell davonläuft, werde ich bald Hungers sterben.«

Eine Frau kam vorbei.

»He, Frau! Gib mir eines deiner Kleider, damit ich mich verhüllen kann.«

Oh, der häßliche Alte, mein Gott, wo kann der herkommen?

Die Frau floh, so schnell sie ihre Beine trugen.

Ich habe entschieden kein Glück heute, dachte Giovanni, ich muß mich bekleiden.

Er fand ein Bettuch, das am Wegrand zum Trocknen ausgebreitet war, nahm es und wickelte sich so gut es ging darin ein. Aber der Eigentümer, der in der Nähe war, fing an zu schreien: »Haltet den Dieb! Haltet den Dieb!«

Der unglückliche Eremit wurde gefaßt und ins Gefängnis gesteckt.

Bald erfuhren die Leute in der Gegend von dem Mißgeschick des Gottesdieners, und als gute Christen befreiten sie ihn.

Frisch eingekleidet, wurde Giovanni in seine Hütte

geführt, die aufs neue mit vielerlei Lebensmitteln versorgt war.

Die Diebesbande bekam davon Kunde, und wie ihr euch vorstellen könnt, wollte sie zum zweiten Mal dem gottesfürchtigen Greis ein Ständchen geben.

Sie kletterten alle auf das Dach und begannen zu singen:

»Giovanni, du guter Giovanni,
Herr Jesus schickt nach dir,
wirf, was du besitzt, hinaus,
dann steige in den Himmel auf.«

Aber der Eremit begann des Paradieses, das ihm die Engel versprachen, überdrüssig zu werden, so antwortete er ihnen:

»Engel, schöne Engel,
dem Herrn Jesus bestellt,
daß, wer mich einmal getäuscht,
mich nicht mehr täuschen kann.«

Als die Diebe sahen, daß Giovanni sich nicht ein zweites Mal übers Ohr hauen ließ, beschlossen sie, anderswo ihr Glück zu suchen, und ließen den guten Alten in Frieden.

Erzählt von Signor Marini aus Porto-Vecchio

Der listige Dieb

Ein mit allen Wassern gewaschener Dieb klopfte eines Tages bei einem Pfarrer an.

»Was wollt Ihr, guter Mann?«

»Als Diener bei Euch arbeiten.«

»Ich brauche niemanden, es sei denn, du hütest meine Kühe.«

»Ich arbeite gerade als Schäfer; wenn Ihr mich nehmt, werde ich meine Stelle verlassen.«

»Wieviel verlangst du?«

»Nicht mehr als Essen und Unterkunft. Was Geld betrifft, so bedarf ich dessen nicht.«

»Gut, ich nehme dich«, erklärte der Pfarrer, zufrieden, daß er einen solchen Diener gefunden hatte.

Anfangs versorgte jener sehr gut die Kühe und Pferde, legte sich früh zu Bett und versäumte auch sein Gebet nicht.

Da er nun sah, wie gut und wie fromm sein Diener war, fragte der Pfarrer ihn: »Wie heißt du?«

»Ach, Herr Pfarrer, darauf möchte ich lieber nicht antworten.«

»Wie? Und warum das?«

»Ich bitte Euch darum.«

»Aber schließlich kannst du mir doch deinen Namen nennen.«

»Er ist so häßlich, daß ich nicht wage, ihn auszusprechen.«

»Frisch draufzu.«

»Also gut, ich heiße ›Ich habe drei Haare im Auge‹.«

»Wirklich, du hast einen drolligen Namen«, versetzte der Pfarrer.

Kurze Zeit darauf sprach den Diener die Schwester des Pfarrers an: »Ihr seid seit einer Woche hier, und ich kenne Euren Namen noch nicht, sagt, wie ruft man Euch?«

»Wenn ich es Euch noch nicht sagte, so deshalb, weil ich es nicht wagte, mein teures Fräulein.«

»Was, Ihr wagtet es nicht?«

»Nein.«

»Warum denn?«

»Weil mein Name zu merkwürdig ist.«

»Nennt ihn mir immerhin.«

»Ich heiße ›Es juckt mich‹.«

Nun begehrte die Mutter des Pfarrers zu wissen: »Mein Junge, wie nennt man Euch?«

»Ich heiße ›Der Herr sei mit Euch‹.«

»Ihr habt keinen sehr schönen Namen.«

»Was wollt Ihr, man hat mich nicht gefragt, als man ihn mir gegeben hat.«

Am gleichen Abend noch stieg der durchtriebene Dieb in den Kuhstall, stahl drei Kühe, schlich sich dann in den Pferdestall, bemächtigte sich zweier schöner Pferde und ergriff die Flucht.

Am nächsten Tag kam er in ein Dorf, wo gerade Markt gehalten wurde, und verkaufte die Kühe. Einem reichen Gutsbesitzer bot er ein Pferd zum Kauf an.

»Was verlangst du für dein Pferd?«

»500 Francs.«

»Teufel, das ist wohl ein Wundertier?«

»Das kann ich Euch versichern.«

»Machen wir eine Probe: Wenn es dein Pferd in drei Stunden bis Propriano schafft, kaufe ich es, wenn nicht, gibst du mir 100 Francs.«

»Abgemacht.«

Dieb und Käufer stiegen sogleich zu Pferd, und los ging's.

Nach zwei Stunden kamen sie in das Dorf des Pfarrers, gerade in dem Moment, als die Messe begann. Da der Käufer sehr fromm war, sagte er zu seinem Begleiter: »Ich will eintreten und die Messe hören.«

»Und unsere Abmachung?«

»Ich sehe, daß Euer Pferd gut ist, und ich kaufe es, aber kommt mit mir in die Kirche, bevor wir unser Geschäft perfekt machen.«

»Ich halte mich nicht gern in diesem Ort auf, alle Menschen hier sind verrückt oder im Begriff, es zu werden.«

»Laßt uns immerhin eintreten.«

Der Dieb konnte sich nicht weigern, jedoch verkroch er sich in einen Winkel, wo niemand ihn sehen konnte. Trotz dieser Vorsicht entdeckte ihn bald die Schwester des Pfarrers.

»Mama, Mama«, flüsterte sie, »›es juckt mich‹.«

»Kratz dich, meine Tochter.«

Das Fräulein schwieg, aber bald konnte sie nicht mehr an sich halten. Sie flüsterte wieder: »Mama, Mama, ›es juckt mich‹.«

»Bleib doch ruhig, wenn es dich juckt, kratz dich.«

Das arme Mädchen errötete, und dieses Mal ließ sie es sich gesagt sein. Doch nun erblickte die Mutter des Pfarrers ihrerseits den ehemaligen Diener.

Sie wandte sich zu ihrem Sohn: »›Der Herr sei mit Euch‹.«

»Schweigt, meine Mutter, ich lese die Messe.«

»›Der Herr sei mit Euch‹, sage ich dir.«

»Mutter, macht kein Aufsehen, ich hieß Euch schweigen.«

Nun verhielt sich die Frau ruhig. Kurz darauf bemerkte auch der Pfarrer den listigen Dieb, er konnte sich nicht enthalten, wütend von der Höhe der Kanzel hinabzuschreien:

»›Ich habe drei Haare im Auge‹! ›Ich habe drei Haare im Auge‹!«

Alles brach in Gelächter aus. Man glaubte, der arme Pfarrer sei toll geworden, alle umringten den Unglücklichen, der unablässig schrie: »›Ich habe drei Haare im Auge‹!«

Der schlaue Dieb nutzte den Tumult und rettete sich mit seinem Begleiter, der zu ihm sagte: »Meiner Treu, Ihr hattet recht, ich habe nie dümmere Menschen als in diesem Landstrich gesehen.«

Nachdem er das Pferd verkauft hatte, begab sich der gerissene Diener in eine andere Gegend, wo er noch viele Streiche anstellte, sein Beutel war niemals leer, jeden täuschte er, und niemand konnte ihn je ergreifen.

Was den Pfarrer anbelangt, so erklärte er schließlich seinen Pfarrkindern, daß ›Ich habe drei Haare im Auge‹ sein ehemaliger Diener sei, aber das wollte ihm niemand glauben, und noch lange hielt man ihn für verrückt.

Erzählt von Signor Mattei aus Zoza-di-Tallano

Poverello

Zu ihrer Zeit lebten zwei Brüder, von denen der eine sehr reich und der andere sehr arm war. Letzterer, der Poverello hieß, hatte eine so große Familie, daß es ihm, trotz all seiner Anstrengungen, unmöglich war, seine Kinder ordentlich großzuziehen. Eines Tages sprach seine Frau zu ihm:

»Mein armer Mann, uns bleibt nichts mehr. Das bißchen, das wir zum Leben hatten, ist zur Neige gegangen, unsere Kinder werden sicher bald Hungers sterben.«

»Nun, Frau, was soll ich tun?«

»Geh zu deinem Bruder und bitte ihn um etwas Mehl und Brot.«

»Du wirst wohl recht haben.«

Poverello ging zu seinem Bruder. Er klopfte bei ihm an, und man fragte, wer draußen sei: »Ich bin es, Poverello, und ich möchte meinen Bruder sprechen.«

»Laßt ihn herein!« rief jener, der ihn gehört hatte.

»Nun, was willst du von mir? Willst du etwas zu essen?«

»Ja, leider, meine Kinder haben Hunger, und ich habe nichts, was ich ihnen geben könnte. Wenn du mir ein Brot borgen könntest, nur ein einziges Brot und etwas Mehl; wenn ich Arbeit habe, werde ich dir alles zurückgeben.«

»Ha, ha, deine Arbeit kenne ich! Gut, ich will dir noch ein Brot geben, das macht dann neun, die du mir schuldest.«

»Gib mir noch einen Scheffel Gerstenmchl, ich werde dir alles zurückerstatten, du kannst dich darauf verlassen.«

»Sei's drum, aber hier will ich dich erst wieder sehen, wenn du deine Schulden tilgen kommst.«

Als Poverello nach Hause kam, erzählte ihm seine Frau: »Du warst gerade fort, als jemand kam, dich zur Feldarbeit zu rufen. Wenn du arbeiten gingest, würde uns das sehr helfen, über das Weihnachtsfest zu kommen.«

»Ich möchte schon, doch woher soll ich die Ochsen nehmen? Und dann arbeitet doch morgen niemand, weißt du nicht, daß ich exkommuniziert werde, wenn ich an einem solchen Feiertag arbeite?«

»Du hast recht, aber dein Bruder hat alle seine Felder bestellt, er wird dir seine Ochsen für übermorgen nicht verweigern können. Geh ihn darum bitten.«

Von neuem klopfte Poverello beim Bruder an.

»Schon wieder, du? Was willst du?«

»Mein lieber Bruder, wenn du mir zwei von deinen Ochsen leihen würdest, ich habe übermorgen Arbeit und könnte dir so deine zehn Brote und den Scheffel Mehl zurückgeben.«

»Nein, meine Ochsen will ich dir nicht geben.«

»Lieber Bruder, du hast doch deine Felder bestellt und benötigst deine Ochsen nicht mehr.«

»Das macht nichts, es sei denn, du arbeitest morgen.«

»Morgen? Aber das ist der Weihnachtstag.«

»Das weiß ich. Bist du einverstanden? Wenn du meine Ochsen willst, erhältst du sie nur unter dieser Bedingung.«

Es blieb Poverello nichts anderes übrig, als darauf einzugehen, und am folgenden Tag machte er sich an die Arbeit.

Trotz des Geredes der Bauern und des Pfarrers arbeitete er seit dem Morgengrauen, als plötzlich beim letzten Schlag der Glocke, die den Mittag einläutete, die Erde auseinanderfuhr und den Pflug samt Ochsen verschlang.

Poverello konnte sich nur dadurch retten, daß er sich an einen Baumast klammerte, der über den Abgrund ragte. Ganz verzweifelt ging der Unglückliche aufs neue zu seinem Bruder.

»Ach, mein armer Bruder, ich pflügte gerade das Feld, als …«

»Als was?«

»… als sich plötzlich die Erde auftat und den Pflug samt Ochsen verschlang.«

»Was sagst du da? Meine zwei Ochsen?«

»Ja, deine Ochsen sind verschwunden.«

»Schweig, du Dieb, oder glaubst du etwa, daß du

mich solcherart täuschen kannst? Aber nein, ich kann es mir vorstellen, du hast sie verkauft und willst mir jetzt etwas vormachen, doch das wird dir nicht gelingen.«

»Beim Jesuskind, das geboren wurde, schwöre ich dir, daß ich die Wahrheit sage.«

»Du wirst vor den Richter in Bastia geführt, dort kannst du all deine Ungereimtheiten erzählen, wir werden sehen, ob man auf dich hört.«

»Ich flehe dich an, mein Bruder, hab Erbarmen mit mir, mach meine Kinder nicht noch unglücklicher, als sie es ohnehin schon sind.«

»Du wirst verurteilt und ins Gefängnis geworfen, bis du mir vollständig und mit Zinsen den Preis der Ochsen, meiner zehn Brote und des Scheffels Gerste ersetzt hast.«

»Aber wie soll ich dir das Geld zurückzahlen, wenn ich im Gefängnis sitze? Gib mir Zeit.«

»Die Richter werden dir etwas ganz anderes geben.«

Einige Zeit später wurde Poverello nach Bastia gerufen. Er steckte einige Pisticcine, in Öl gewendete Brötchen aus Kastanienmehl, in seinen Beutel und machte sich auf den Weg.

Den ganzen Tag und die ganze Nacht war er unterwegs, da kam er an ein Wirtshaus.

»Gewährt mir bitte Gastfreundschaft.«

»Habt Ihr Geld?«

»Nein.«

»Dann geht Eures Wegs.«

»Ich möchte nichts weiter, als mich in eine Ecke setzen und etwas ausruhen.«

Die Frau des Wirtes, die guter Hoffnung war, bat ihren Mann: »Laß ihn eintreten, er stört uns nicht.«

Poverello wurde also ins Haus gelassen. Er setzte sich

auf die Erde, dann nahm er zwei oder drei Pisticcine und begann zu essen.

Die Frau des Wirtes sah ihn essen und hätte auch gern eine Pisticcina gehabt, aber sie wagte nicht, darum zu bitten. Das verursachte ihr eine Frühgeburt.

Stellt euch den Zorn des Ehemannes vor.

»Ich werde dich in Bastia erwarten, wo ich dich zum Tode verurteilen lasse. Du dringst in die Häuser ein, damit die Frauen zu früh gebären. Das Handwerk wird dir gelegt werden, das verspreche ich dir.«

Der unglückliche Poverello wurde hinausgejagt und mußte seinen Weg fortsetzen.

Als er einige Zeit unterwegs war, traf er einen Mann, dessen Maultier in sumpfiges Gelände geraten war, aus dem es sich nicht mehr selbst befreien konnte.

»He! Ihr dort! Helft mir doch, mein Reittier herauszuziehen, sonst geht es hier zugrunde.«

Poverello kam heran und zog das Maultier kräftig am Schwanz. Da riß dieser ab.

»Zum Teufel, das wirst du mir bezahlen. Mein Maultier ist mindestens 200 Francs wert, und ich denke nicht daran, dir das zu schenken. Wie ist dein Name?«

»Poverello.«

»Gut, wir werden uns in Bastia wiedersehen, und du wirst mir schnellstens meine 200 Francs geben, sonst lasse ich dich, ohne mit der Wimper zu zucken, einsperren.«

Poverello war verzweifelt.

O weh, dachte er, mein Bruder hat mich angeklagt, seine Ochsen verkauft zu haben, der Wirt, daß ich die Ursache der Fehlgeburt seiner Frau sei, und dieser Mensch, dem ich helfen wollte, daß ich im Sinn gehabt habe, den Schwanz seines Maultieres auszureißen. Alle sind gegen mich. Ich werde der Verurteilung nicht entgehen, wer weiß, vielleicht zu lebenslänglicher Haft? Ach, lieber möchte ich sterben.

Der verzweifelte Poverello stieg auf einen hohen Felsen und stürzte sich hinunter.

Zufällig gingen unten Mönche spazieren, und Poverello zerschlug beim Hinabstürzen den Arm des einen, ohne daß ihm selbst das geringste Leid geschah.

Man stelle sich die Wut der anderen Mönche vor, denn es war gerade der ehrwürdige Vater, der verletzt worden war. Gleichwohl beruhigten sie sich und kündigten an, nach Bastia zu gehen, um den reisenden Pechvogel strafen zu lassen.

Schließlich erschienen alle vor dem Richter. Niemand fehlte, weder Poverellos Bruder noch der Wirt mit seiner Frau, weder der Besitzer des Maultieres noch die Mönche mit ihrem Verletzten.

»Poverello«, hub der Präsident des Gerichts an, »Euer Bruder gibt an, Ihr hättet seine Ochsen zur Arbeit ausgeliehen und, statt sie ihm zurückzubringen, auf dem Markt verkauft. Entspricht das der Wahrheit?«

»Nein, Herr Präsident, ich habe meinem Bruder gesagt: ›Leih mir deine Ochsen.‹ Doch zuerst hat er sie mir verweigert und sie mir dann nur unter der ausdrücklichen Bedingung gegeben, am Weihnachtstag zu arbeiten. Nun, Herr Präsident, meine Kinder hatten Hunger, und ich hatte nichts zu essen für sie ... was wollt Ihr? Ich habe also gearbeitet. Doch zu allem Unglück hat sich in der Mittagsstunde die Erde aufgetan, und alles ist versunken, Ochsen und Pflug. Ich selbst war vom Untergang bedroht.«

»Gut, ich verurteile Euren Bruder zu 2000 Francs Strafe, dazu muß er Euch jährlich 500 Francs auszahlen, bis Ochsen und Pflug wieder aus der Erde hervorkommen. Und Ihr, Gastwirt? Was habt Ihr vorzubringen?«

»Poverello kam an unser Haus. Er sah so unglücklich aus, daß wir ihm Gastfreundschaft gewährt haben. Doch er vergalt uns das, indem er die Fehlgeburt meiner Frau verursachte.«

»Das ist sehr schlimm, Poverello, was habt Ihr zu sagen?«

»Zunächst einmal: Der Gastwirt hatte kein so gutes Herz, wie er Euch glauben machen will. Im Gegenteil, er wollte mich nicht einmal einlassen, weil er wußte, daß ich kein Geld hatte, und dann bin ich nicht – sei es, wie es sei – der Grund für die Fehlgeburt seiner Frau. So haben sich die Dinge ereignet: Ich bin in das Gasthaus eingetreten, wo man ein ganzes Zicklein und zwei dicke, fette Hühner briet. Weil ich Hunger hatte und der Hausherr mir nichts anbot, habe ich mich in eine Ecke gesetzt, wo ich zwei Pisticcine verzehrt habe, die ich in der Tasche hatte. Das scheint ausreichend gewesen zu sein, die Frühgeburt der Frau zu verursachen.«

»War es so, Frau?«

»Ja, Herr Präsident.«

»Ich verurteile den Gastwirt, Poverello 4000 Francs zu zahlen. Er kann jedoch davon entbunden werden, auch nur einen Heller zu entrichten, wenn er seine Einwilligung gibt, daß Poverello den begangenen Fehler wiedergutmacht. Was ist Euch lieber?«

»Lieber gebe ich die 4000 Francs.«

»Und Ihr, Maultierbesitzer, was fordert Ihr?«

»Ich fordere, daß Poverello mir das Tier bezahlt, das er so grausam verstümmelt hat.«

»Angeklagter, habt Ihr etwas vorzubringen?«

»Ich war auf dem Weg nach Bastia, als dieser Mann mich anrief: ›Heda, helft mir doch, mein Maultier, das in den Schlamm geraten ist, herauszuziehen.‹ Ich habe mich seinem Wunsch gefügt. Bedauerlicherweise aber war der Schwanz so schlecht befestigt, daß ich ihn beim Ziehen abgerissen habe.«

»Ihr wolltet ihm bei all dem, was Ihr getan habt, nur Gutes erweisen, also seid Ihr nicht schuldig. Ich verurteile den Maultierbesitzer, euch 100 Francs jährlich zu zahlen, bis der fragliche Schwanz gänzlich nachgewachsen ist. Was Euch anbelangt, über Euren Fall weiß ich Bescheid. Poverello, warum habt Ihr solcherart den Arm des guten Vaters, der Euch kein Leid zugefügt hat, zerschmettert?«

»Ich war verzweifelt darüber, daß ich die Ochsen meines Bruders verloren hatte, Ursache für die Fehlgeburt der Gastwirtsfrau gewesen war und kurz darauf den Schwanz des Maultieres ausriß, da habe ich mich von einem Felsen herabgestürzt, um meinem Leben ein Ende zu bereiten. Unten gingen Mönche spazieren, und ich habe diesen hier verletzt. Ich glaube, nicht schuldig zu sein.«

»Ihr habt recht. Mein Vater, ich stelle Euch vor die Wahl, entweder 10 000 Francs zu zahlen, oder Euch Eurerseits vom Felsen zu stürzen, wenn der Angeklagte unten spazierengeht. Was ist Euch lieber?«

»Ich bezahle lieber.«

»Ich bin ganz Eurer Ansicht. Das Gericht hat geurteilt, geht von dannen.«

Poverello wandte sich, reich und zufrieden, nach Hause, wo Frau und Kinder ihn schon ungeduldig erwarteten.

Künftig lebte er glücklich, und niemals brauchte er oder seine Familie um ein Almosen zu bitten oder am Weihnachtstag zu arbeiten.

Erzählt von Signora Marini aus Porto-Vecchio

Wie Andrea die Ohren des Pfarrers abschnitt

Einst lebten drei Brüder in bitterster Armut.

Der Älteste sprach eines Tages zu den zwei anderen: »Ich will mich auf den Weg machen und mein Glück suchen.«

Gesagt, getan!

Unterwegs begegnete ihm ein Pfarrer.

»Wohin gehst du?« fragte ihn dieser.

»Ich suche jemanden, der mich als seinen Diener nehmen möchte, so lange, bis ich mein Glück gemacht habe.«

»Willst du zu mir kommen?«

»Es gilt, aber ich verlange 100 Francs monatlich.«

»Ich gewähre sie dir unter einer Bedingung: Wenn du mir nicht in allen Dingen Gehorsam erweist, kann ich dir die Nase abschneiden.«

Der Jüngling willigte ein.

Als die Mittagszeit herangekommen war, befahl ihm der Pfarrer:

»Iß von dieser Kleie, die meine Schweine so gern essen.«

»Ich? Ich esse so etwas nicht.«

»Du willst nicht?«

»Nein.«

»So komm, ich schneide dir die Nase ab.«

Der Arme schlich verstümmelt davon.

Daheim erzählte er seinen Brüdern dieses Abenteuer.

Der zweite machte sich darüber lustig und sprach: »Ich werde auch mein Glück suchen, und der Nasenabschneider soll sich in acht nehmen; wenn ich ihn treffe, werde ich dich rächen.«

Er ging munter los und begegnete auf seinem Weg dem Pfarrer.

»Wohin gehst du?«

»Das Glück suchen.«

»Wenn du Lust hast, kannst du in meine Dienste treten, aber bei dem ersten Ungehorsam werde ich dir die Nase abschneiden.«

Der zweite Bruder stimmte zu.

Der Pfarrer schickte ihn den ganzen Tag Kühe hüten. Als der Abend hereinbrach und er zu essen verlangte, forderte sein Herr ihn auf: »Iß von der Kleie, die meine Schweine so gern essen.«

»Ich? Kleie essen? Daran denkt Ihr doch wohl nicht allen Ernstes?«

»Ich befehle es dir, gehorche auf der Stelle!«

»Niemals werde ich davon essen.«

»Nun, so komm, daß ich dir die Nase abschneide.«

Und der zweite Bruder kam tiefbetrübt heim.

»Was? Ihr habt es nicht geschafft, diesen bösartigen Pfaffen zu foppen? Nun will ich mich aufmachen und sehen, was daran ist«, sprach der Jüngste.

»Bleib bei uns, Andrea, es wird dir nicht besser ergehen als uns.«

»Bei Gott, wir werden sehen. Bevor noch Jahr und Tag verstrichen sind, bin ich wieder bei euch.«

Auch Andrea traf den Pfarrer und wurde von ihm zu der gleichen Bedingung wie seine Brüder eingestellt.

»Bist du es so zufrieden?«

»Vollkommen, doch ich möchte unserem Vertrag noch etwas hinzufügen.«

»Sprich!«

»Nun, dem ersten von uns beiden, der sich ärgert, werden die Ohren abgeschnitten, und er gibt alles, was er besitzt, dem anderen.«

»Ta, ta, ta, ta, so gewinne ich nichts und riskiere, mein Vermögen zu verlieren.«

»Habt Ihr schon Angst, Herr Pfarrer?«

»Angst? Ich? Du mußt mir aber in allen Dingen gehorchen.«

»Also Ihr nehmt an?«

»Einverstanden.«

Am folgenden Tag mußte Andrea Schweine hüten. Als er am Abend zurückkam, empfing ihn der Pfarrer: »Nun, mein Junge, du wirst Hunger haben. Iß von der Kleie, die meine Schweine so gern fressen.«

Der junge Mann war schlau und tat so, als koste er davon. »Oh! oh! Was ist Eure Kleie köstlich, mein Herr! Jetzt wundert mich nicht mehr, daß Eure Schweine so dick und gesund sind.«

Hier ist ein kleiner Schlauberger, der mich, wenn ich nicht aufpasse, unterkriegen kann, dachte der Pfarrer.

Tags darauf machte sich Andrea wieder zum Schweinehüten auf den Weg, aber gleich am Morgen ging er zum Fleischer und verkaufte ihm alle Schweine, unter dem Vorbehalt, daß dieser ihm die Schwänze aushändige. Der Fleischer war einverstanden, und Andrea steckte die Schwänze in den Schlamm des Dorfteiches.

Dann hub er an zu schreien: »Herr Pfarrer! Herr Pfarrer!«

»Was ist los?«

»Kommt schnell herbei, alle Eure Schweine wollen in die Hölle, seht, wie sie sich versenken. Ziehen wir an den Schwänzen, sonst bleibt keines übrig.«

Andrea packte einen der Schwänze und gab sich den Anschein, kräftig zu ziehen. Der Pfarrer tat es ihm gleich und spannte alle seine Kräfte an, das Schwein aus dem Schlamm zu zerren, aber alles, was er erreichte, war, daß er mitten in den Teich plumpste.

»Schandbube, das wirst du mir teuer bezahlen.«

»Seid Ihr zufrieden, Herr Pfarrer?«

»Zweifellos, zweifellos, ich bin sehr zufrieden.«

Einige Tage darauf war der durchtriebene Diener mit den Ziegen unterwegs.

Wieder lief er zum Fleischer und verkaufte sie ihm alle, mit Ausnahme einer einzigen, die er auf den Wipfel eines Baumes zog. Dann griff er ihren Schwanz und fing an zu rufen: »Herr Pfarrer! Herr Pfarrer!«

»Was willst du?«

»Kommt schnell, kommt mir schnell zu Hilfe, alle Eure Ziegen laufen in den Himmel.«

Wie der Pfarrer ankam, erklärte Andrea: »Ihr kommt zu spät, nur eine einzige habe ich retten können, ich habe sie in der Krone dieses Baumes eingeholt.«

»Ich werde dich verprügeln lassen, Schurke, nimm dich ja in acht!« wütete der Pfarrer.

»Drohungen? Seid Ihr zufrieden, Herr Pfarrer?«

»Oh, ja, ja, ich bin zufrieden.«

Gleichwohl sprach er bei sich: »Ich muß mich dieses Jungen um jeden Preis entledigen, sonst wird er mich noch an den Bettelstab bringen.«

Andrea wurde losgeschickt, den verzauberten Efeu zu holen, der mitten in einem großen, dunklen Wald wuchs.

Er stieg auf ein gutes Pferdchen, trabte los und reiste lange, lange Zeit, bis er schließlich an den Wald kam, in dem es von Räubern wimmelte.

Dennoch drang er furchtlos vorwärts, da bemerkte er keine hundert Schritte entfernt eine furchterregende Räuberbande.

Was tun? dachte Andrea.

Er stieg vom Pferd, versteckte sein Tier hinter einem großen Felsen, streckte dann ein Bein in die Luft und wartete, bis die Räuber heran waren.

»Was machst du denn hier?«

»Meiner Treu, ich warte, daß mein Pferd vom Himmel fällt, ich habe ihm einen so heftigen Fußtritt versetzt, daß es seit mindestens einer Viertelstunde in den Wolken verschwunden ist.«

Entsetzt, es mit einem Mann von so gewaltigen Kräften zu tun zu haben, beeilten sich die Banditen, das Weite zu suchen.

So konnte der kleine Schelm den Zauberefeu abschneiden, und bald war er auf dem Heimweg zum Pfarrer, der seinen Augen nicht trauen wollte.

»Kannst du Weinstöcke verschneiden?«

»Ich habe mein ganzes Leben lang nichts anderes gemacht.«

»Geh also und arbeite den Tag über ordentlich. Wenn ich zufrieden mit dir bin, werde ich dich angemessen belohnen.«

Andrea machte sich ans Werk, aber er schnitt die Ranken kreuz und quer ab.

Zur Mittagsstunde war er fertig und ging nach Haus.

»Was willst du?«

»Ich habe den Auftrag erledigt und wollte Euch fragen, was jetzt zu tun ist.«

»Du bist schon fertig? Das werde ich mir an Ort und Stelle ansehen.«

Stellt euch vor, wie verdutzt der Pfarrer dastand, als er seinen Weinberg ganz verwüstet fand.

Mächtige Wut schüttelte ihn, aber bei der schrecklichen Frage Andreas: »Seid Ihr zufrieden, Herr Pfarrer?«, nahm er sich zusammen und antwortete:

»Ja, ja, bei Gott, ich bin zufrieden, sehr zufrieden sogar.«

»Bravo, das freut mich.«

Zweifelsohne wird dieser bösartige Knecht mich ruinieren. Ich muß ihm einen Auftrag geben, bei dem er mir nicht zuviel Schaden anrichten kann, dachte der Pfarrer in seiner Not und schickte seinen Diener, in einigem Abstand vom Haus Holz zu spalten.

Weil er aber einen neuen Schabernack befürchtete, wollte er ihn begleiten.

Andrea hieb wuchtig mit einer großen Axt drein.

Doch dann tat er so, als könne er seine Axt, die tief im Holz steckte, nicht herausbekommen, und forderte seinen Herrn auf: »Helft mir doch etwas bei meiner Arbeit und zerrt mit Euren beiden Händen den Spalt etwas auseinander.«

Der Pfarrer beeilte sich zu gehorchen.

Behend zog Andrea seine Axt heraus, das Holzstück fuhr zusammen und hielt den bedauernswerten Pfarrer gefangen.

»Ach weh! Ach weh! Lauf, hole drei Holzkeile, sie sind hinten in dem Schrank an der Tür meines Schlafzimmers. Aber beeile dich ja, damit ich schnellstens freikomme.«

Auf der Stelle rannte Andrea los, doch statt die drei Holzkeile zu holen, rief er die drei Nichten des Pfarrers: »Euer Onkel hat mich geschickt, um euch zu bestellen, daß ihr mir alle drei in seinem Schlafzimmer beischlafen möget, wenn ihr nicht wollt, daß er stirbt.«

»Boshafter Knecht, wirst du wohl gleich verschwinden, sonst lassen wir dich davonjagen.«

»Wollt ihr einen Diener Gottes ums Leben bringen?«

»Scher dich fort, schändlicher Lügner!«

»Nun, dann überzeugt euch selbst, daß ich nur die Wahrheit sage.«

Andrea schrie aus dem Fenster: »Herr Pfarrer! Herr Pfarrer!«

»Was ist denn?«

»Es müssen alle drei sein, nicht wahr?«

»Ja, aber beeil dich doch, ich leide Höllenqualen.«

»In Eurem Schlafzimmer?« wollte sich eine der Nichten vergewissern.

»Das weißt du doch genau, Schelmin, oder willst du meinen Tod?«

So blieb den drei Nichten nichts anderes übrig, als zu gehorchen, denn ihr Onkel wollte es ja so.

Eine Stunde später nahm der zufriedengestellte Jüngling die drei Keile und erlöste den Pfarrer.

Als dieser nach Hause kam, liefen ihm seine drei Nichten entgegen.

»Böser Onkel, wie konntet Ihr uns veranlassen, mit einem Hausdiener zu schlafen?«

»Bei Gott! Was redet ihr dummen Gänse da?«

»So? Seid Ihr es nicht gewesen, der uns diesen Befehl erteilt hat?«

»Ich? Aber nein, war es vielleicht zufällig …?«

»Ja, ja, Herr Pfarrer, das gefällt Euch wohl überhaupt nicht?« hielt ihm Andrea entgegen.

»Im Gegenteil, mein lieber Freund, ganz im Gegenteil, ich bin hocherfreut darüber.«

»Um so besser also. Wie ihr seht, meine Damen, habe ich euch nichts vorgemacht.«

Der unglückselige Herr war am Verzweifeln.

Er verkauft meine Schweine, er verdirbt meinen Wein und schläft mit meinen Nichten. Ach, wie könnte ich ihn bloß loswerden?

Wie er so angestrengt nachdachte, glaubte er ein Mittel gefunden zu haben: Er wollte den Körper seines Dieners, während dieser schlief, mit einer so großen Menge heißen Wassers übergießen, daß er niemals heil davonkommen konnte.

An diesem Tag mußte Andrea oft zum Brunnen laufen, aber er hatte so seine Vermutungen über den

Verwendungszweck einer solchen Wassermenge, und als der Abend herangekommen war, kauerte er sich in eine Kellerecke, statt sich in sein Bett zu legen.

Endlich schläft mein Knecht, dachte der Priester, und gegen Mitternacht erhob er sich lautlos und goß auf einen Schlag einen großen Kessel kochendes Wasser auf Andreas Bett.

»Schau an, kein Schrei, nichts, diesmal habe ich ihn getötet.«

Nach diesem schlimmen Streich ging der Herr schlafen.

Aber wie groß war seine Überraschung, als ihm am nächsten Morgen Andrea gesund und munter, berichtete: »Oh, wie schlecht ich geschlafen habe. Mir war, als hätten sich in dieser Nacht alle Mäuse des Hauses verabredet, in mein Bett zu pissen. Mein Hemd ist noch ganz naß davon.«

»Die Mäuse haben in dein Bett gemacht? Etwas anderes hast du nicht bemerkt?«

»Nein, nur daß sie furchtbar heiß pißten.«

Dieser Schlingel ist noch nicht tot, um jeden Preis muß ich mich diese Nacht seiner entledigen, überlegte der unglückliche Mann.

Nun wurde der Diener beauftragt, einen Berg Steine von so gewaltiger Größe ins Haus zu schaffen, daß ein einziger gereicht hätte, zehn Personen seiner Statur zu zermalmen.

Aha, der Pfarrer will mich umbringen, dachte Andrea, wir werden sehen, wie der Kampf ausgeht.

Wie schon zuvor versteckte er sich am Abend weitab von seinem Bett und tat so, als schnarche er.

Leise weckte der Pfarrer seine Nichten, und alle zusammen schlichen sich zu der Falltür, die sich über Andreas Bett befand.

»Seid ihr da?«

»Ja.«

»Eins, zwei, drei.«

Ein gewaltiger Brocken plumpste herab, krach! machte das Bett und zerbarst mit Getöse.

»Er rührt sich nicht, sicher ist er nicht mehr am Leben«, flüsterte eine der Nichten, »armer Junge.«

»Pscht, meine Nichte, noch ist nicht sicher, ob er tot ist, wälzen wir auch die restlichen Steine hinunter, man kann mit solchen Leuten nie vorsichtig genug sein.«

Zwei weitere Felsbrocken krachten herunter.

»Jetzt kann ich aufatmen, meine Nichten, für ihn ist alles zu Ende, morgen werde ich ihm seine letzte Messe lesen!«

»Dieser Diener war sehr durchtrieben, mein Onkel.«

»Ja, er hat uns gewisse Streiche gespielt, aber Gott sei Dank haben wir von seiner Seite nichts mehr zu befürchten.«

Bei Sonnenaufgang kam Andrea zu seinem Herrn gelaufen: »Ach, Herr Pfarrer, was mir doch für Kieselsteine auf die Brust gefallen sind! Beinahe hätten sie mich beim Schlafen gestört.«

»Was? Du bist noch lebendig?«

»Ja, und bei bester Gesundheit, das mißfällt Euch wohl?«

»Aber nicht doch, ganz im Gegenteil, sag mir jedoch, wann wirst du von mir fortgehen?«

»Ich befinde mich hier zu gut, als daß ich Euch verlassen wollte. Aber, es will mir scheinen, Euch würde das gefallen. Dann werde ich also fortgehen, sobald der Kuckuck auf dem Birnbaum gegenüber gerufen hat.«

Auf der Stelle eilte der Pfarrer zu seiner Mutter und rief: »Wenn Ihr nicht auf diesen Birnbaum steigt und

›Kuckuck‹ ruft, wird unser Diener uns noch um Hab und Gut bringen.«

So kletterte die Mutter in den Baum.

»Kuckuck! Kuckuck! Kuckuck!«

»Andrea, Andrea, hörst du den Kuckuck? Du selbst hast es gesagt, heute mußt du gehen.«

»Mit Vergnügen, Herr Pfarrer, aber bevor ich Euch verlasse, möchte ich auf die Jagd gehen.«

»Wie?«

»Ja, ich möchte jagen, mißfällt Euch das?«

»Nein, warum, glaubst du, sollte mir das mißfallen?«

»Also gebt mir Euer Gewehr.«

Andrea ging los und tat so, als höre er den Kuckuck nicht. Der Pfarrer ging heim und beglückwünschte sich schon zu seiner List, da hörte er rufen: »Herr Pfarrer! Herr Pfarrer!«

»Was willst du von mir?«

»Kommt her und schaut Euch den schönen Kuckuck an, den ich geschossen habe, er sieht Eurer Mutter zum Verwechseln ähnlich.«

»Was hast du Unglückseliger angerichtet? Meine Mutter hast du erschossen.«

»Nein, einen Kuckuck, der ihr ähnelt.«

»Ich sage, daß du meine Mutter getötet hast.«

»Also gut, ich habe sie erschossen, seid Ihr zufrieden, Herr Pfarrer?«

»Nein, das bin ich überhaupt nicht, ich werde dich hängen lassen.«

»Gut, gut, unterdessen gebt mir Eure Ohren.«

Und Andrea schnitt dem Pfarrer die Ohren mitleidlos ab.

Nun gehörten dem dritten Bruder alle Besitztümer seines ehemaligen Herrn, der ja, trotz aller seiner Mißgeschicke, noch sehr wohlhabend war.

Der glückliche Diener begab sich in sein Heimatdorf zu den Brüdern, die schon ungeduldig auf Andrea warteten, denn seit seinem Fortgehen waren gerade ein Jahr und ein Tag verflossen.

Stellt euch die Freude aller vor. Sie verließen ihre Heimat und richteten sich in dem schönen Haus des Pfarrers ein, das seither ›Das Haus der abgeschnittenen Nasen‹ geheißen wurde.

Von jenem Tag an gediehen die Geschäfte der drei Brüder zusehends, sie lebten sehr lange Zeit glücklich, zumindest so glücklich, wie man auf dieser Erde leben kann.

Erzählt von Gian Paolo Panzani

Im Verlag Gustav Kiepenheuer ist erschienen

Sun Yaoting und Ling Haicheng
Der letzte Eunuch
Das Leben Sun Yaotings,
letzter Eunuch des Kaisers Puyi,
erzählt von ihm selbst
Aus dem Chinesischen von Uwe Frankenhauser

696 Seiten, gebunden
sFr. 51.50 / DM 49,80 / öS 389.–
ISBN 3-378-00545-9

Sun Yaotings Autobiographie ist ein großes Leseerlebnis, eine letzte Reise ins alte China. Es ist eine kulturgeschichtliche Fundgrube und zugleich eine Entdeckung der Lebens- und Geisteswelt der Eunuchen, die in China höchste Verachtung erfuhren und doch jahrhundertelang an den Schalthebeln der Macht saßen.